Aileen P. Roberts

Feenfeuer

Novelle

UBV

Bibliografische Information der Deutschen Nationalbibliothek: Die Deutsche Nationalbibliothek verzeichnet diese Publikation in der Deutschen Nationalbibliografie; detaillierte bibliografische Daten sind im Internet über http://dnb.d-nb.de abrufbar.

Besuchen Sie uns auf: www.UlrichBurgerVerlag.de

ISBN: 978-3-943378-15-3
1. Auflage 04/2014

Verlag: UlrichBurger-Verlag, Homburg/Saar
Covergestaltung: Thomas Orgel (www.sg-12.de)
Lektorat: Stephanie Kempin
Printed in Germany
Homepage Verlag: www.UlrichBurgerVerlag.de

Die ersten 4 Novellen (von 10):

Nr. 1:

Thilo Corzilius

„Der Herr der Laternen – oder die traurige Geschichte vom glücklichsten Mann der Welt"

Nr. 2:

Stephan R. Bellem

„Die Ballade von Tarlin"

Nr. 3:

Lilach Mer

„Seacrest House"

Nr. 4:

Aileen P. Roberts

„Feenfeuer"

Kapitel 1

»Können wir nicht endlich Pause machen?« Rachels atemlose Stimme ließ Daniel innehalten. Gerade hatten sie den ersten Hügel nach dem Wald erklommen, der zum Old Man of Storr führte. Der mächtige Basaltfelsen, eingebettet in eine märchenhafte Landschaft aus grünen Hochweiden und bizarr geformten Felsformationen, stellte eine der bekanntesten Sehenswürdigkeiten der Isle of Skye im Westen Schottlands dar. Hier verbrachte Daniel mit seinen Freunden seinen diesjährigen Sommerurlaub.

»Von mir aus, wenn du jetzt schon rasten möchtest«, wandte sich Daniel an seine Freundin und musste grinsen. Feuerrot war Rachels Gesicht angelaufen, ihre sonst immer so akkurat frisierten blonden Haare hatten sich aus dem Zopfgummi gelöst und wehten wild im Meereswind. Daniel hätte kein Problem damit gehabt, noch eine oder zwei Stunden hinaufzusteigen, aber wie es aussah, musste sich Rachel schon jetzt ausruhen. Sie zog sich den roten Rucksack von den Schultern und ließ sich auf einem flachen Felsen nieder. Auch Tom und Carol, mit denen Daniel schon seit Jahren befreundet war, schlossen nun zu ihnen auf.

»Na, wer wird denn da schon müde sein?«, dröhnte Tom in seinem tiefen Bass. Er strich sich eine kinnlange dunkelblonde Haarsträhne aus dem Gesicht und betrachtete Rachel mit leichtem Spott.

»Kann ja nicht jeder so ein Outdoorfreak sein wie ihr«, giftete diese, nahm einen tiefen Schluck aus ihrer Wasserflasche und lehnte sich dann zurück.

»Sonst lässt du doch auch keine Gelegenheit aus, uns zu erzählen, wie viel Sport du treibst«, zog Tom Rachel weiter auf und ahmte nun ihre hohe Stimme nach: »Badminton, Tennis, Yoga, dreimal die Woche Joggen. Oder ist das am Ende gar nicht der Fall?«, Ein leichtes Rot überzog Rachels Wangen, aber sie hob lediglich ihr Kinn und ließ sich zu keiner Antwort herab. Toms Freundin Carol hingegen stieß ihn in die Seite.

Mit ihren siebenundzwanzig Jahren war Carol ein

Jahr jünger als Tom. Im Gegensatz zu der vierundzwanzigjährigen Rachel wirkte Carol stets recht ruhig, besonnen und versuchte zu vermitteln, denn in diesem Urlaub hatte es schon die eine oder andere Auseinandersetzung gegeben.

Auch Daniel bemühte sich nun einzulenken. »Seht euch doch nur diese grandiose Landschaft an.«

Umgeben von grünen Wiesen, auf denen Schafe grasten, ragten die Basaltfelsen des Storr-Plateaus vor ihnen auf. Diese zerklüftete Felsenlandschaft umgab ein Schleier von Mystik und Zeitlosigkeit, wie Daniel fand. Beinahe hätte man meinen können, dieser Ort sei für einen Fantasyfilm entworfen worden und jede Sekunde müsste ein Drache durch das Tal gleiten. Mit jedem Tag, den er hier auf dieser Insel vor der Westküste Schottlands verbrachte, steigerte sich Daniels Begeisterung.

Entgegen seines schlechten Rufes zeigte sich das schottische Wetter heute von seiner besten Seite. Die Junisonne ließ das Meer im Osten glitzern und funkeln. In einem tiefen Blau erstreckte es sich bis zu den Bergen der Applecross Halbinsel auf dem Festland, deren Gipfel man bei diesem klaren Wetter gut ausmachen konnte.

»Dort unten liegt die Isle of Raasay«, erklärte Tom, wobei er auf eine lang gezogene, bergige Insel deutete. »Falls ihr Lust habt, können wir an einem der nächsten Tage dorthin übersetzen.« Er und Carol waren schon viele Male auf der Isle of Skye gewesen und kannten sich daher gut aus. »Das hier ist doch wirklich etwas anderes als der Großstadtmief von Liverpool, oder nicht?« Tom lachte befreit auf. »Manchmal frage ich mich wirklich, weshalb wir drei uns Tag für Tag in unser überhitztes Büro quälen und Software entwickeln, die ohnehin in ein paar Monaten überholt ist, wenn wir so etwas haben könnten.«

Seufzend ließ Daniel seine Augen über das Meer schweifen und musste Tom recht geben. Schon seit dem Studium arbeiteten er, Carol und Tom in einer großen Firma in Liverpool und auch wenn ihr Job gut bezahlt war, so hatte sich doch mit der Zeit Routine eingeschlichen.

»Du kannst ja das Angebot von Carols Großtante annehmen«, schlug Rachel vor und Daniel ärgerte sich über den kaum zu überhörenden provokativen Tonfall. »Während der letzten drei Tage hat sie ja keine Gelegenheit ausgelassen, ihre Farm wie sauer Bier anzupreisen.«

»Mit Landwirtschaft ist kaum mehr etwas zu verdienen«, entgegnete Carol. Wie immer ließ sie sich nicht ärgern, nahm mit einem Lächeln die Wasserflasche von ihrem Freund entgegen und blickte nach einem kräftigen Schluck ebenfalls aufs Meer. »Aber wenn man das alte Cottage ausbauen würde, könnte man die Zimmer vermieten und vielleicht ein kleines Café einrichten.«

»Ich bitte dich.« Die Haut um Rachels auffallend spitze Nase legte sich in Falten. »Dieses gottverlassene Kaff.« Sie runzelte die Stirn. »Ich kann mir den Namen einfach nicht merken …«

»Roskhill«, half Carol weiter.

»Also gut, dieses Roskhill, ist doch ohnehin völlig ab vom Schuss. Wer bitte soll dort hinkommen? Damit geht ihr nach spätestens einem Jahr pleite.«

»Das würde ich nicht sagen«, widersprach Tom. »Das Örtchen liegt ausgesprochen malerisch. Für Touristen ist es nicht weit bis zum Dunvegan Castle. Zum Wandern kann man in die Cuillin Hills oder zu den MacLeods Tables fahren. Auch Duirinish und der Leuchtturm befinden sich in bequemer Reichweite. Selbst die Inselhauptstadt Portree ist nicht allzu weit entfernt.«

Ein abfälliges Schnauben kam aus Rachels Richtung. »Inselhauptstadt! Über eine halbe Stunde fahren, um zu einem auch nur halbwegs anständigen Supermarkt zu kommen. Na, ich weiß nicht.«

»Könntest du vielleicht mal aufhören zu motzen«, schaltete sich Daniel nun ein. Zu Anfang hatte ihn das Geplänkel von Tom und Rachel ja noch belustigt. Doch mittlerweile war ihm die ständige Nörgelei seiner Freundin peinlich, denn schließlich waren sie zu Gast bei Carols Großtante und mussten nicht einmal für das hübsche kleine Zimmer bezahlen, das Mrs. Henderson im Sommer normalerweise an Gäste vermietete.

»Ich sage doch nur die Wahrheit«, entgegnete Rachel postwendend, betrachtete ihn wütend und schüttelte dann den Kopf. »Und könntest du dir endlich dieses grausame Gestrüpp aus dem Gesicht rasieren? Du siehst ja aus wie ein Lumpensammler. Und zum Friseur musst du auch mal wieder!«

Verlegen fuhr sich Daniel durch seine leicht gelockten dunkelblonden Haare, die ihm mittlerweile tatsächlich ein wenig wild vom Kopf abstanden.

Während Tom und Carol in Gelächter ausbrachen, verzog sich Rachels wohlgeformter Mund mit den vollen Lippen – und kündete einen Wutausbruch an.

»Lumpensammler«, prustete Tom. »Bestenfalls könnte man ihn mit einem Bergtroll verwechseln, wenn man diese Gegend betrachtet.«

»Also ich finde, der Dreitagebart steht Daniel«, verteidigte Carol Daniels Gesichtsbehaarung.

»Stimmt, macht ihn irgendwie männlicher, unseren Jungspund. Bei seinen babyblauen Augen könnte man ihn sonst immer noch für einen Highschoolabsolventen halten.« Tom nahm Daniel spielerisch in den Schwitzkasten und diesem gelang es nur unter großen Mühen, sich zu befreien, denn Tom hatte die Statur eines Bären.

»Ich bin nicht einmal zwei Jahre jünger als du«, stellte Daniel richtig.

»Wie schön, dass ihr euch mal wieder einig seid«, unterbrach Rachel gereizt. Mit einer hastigen Handbewegung band sie sich ihre Haare zurück. »Ihr müsst ja auch keinen Kaktus küssen.«

»Nicht?« Tom riss die Augen weit auf. »Also eigentlich hatte ich schon vor, ein Schäferstündchen mit Daniel einzulegen, wenn du heute Abend mal wieder für Stunden im Bad verschwunden bist, und die Wasserversorgung der gesamten Insel lahmlegst.« Übertrieben klimperte Tom mit den Wimpern und spitzte die Lippen, doch bevor Rachel wieder loslegen konnte, schubste Daniel seinen besten Freund ins Gras.

»Jetzt ist aber Schluss, sonst erreichen wir den Old Man nie!«.

»Er will mich nicht mehr!«, heulte Tom, woraufhin

Carol sich lachend über ihn beugte und ihn küsste.

»Hat dir schon mal jemand gesagt, dass du ausgesprochen albern bist?«

»Komm Rachel, lassen wir die beiden Turteltauben allein.« Unternehmungslustig nahm Daniel die Hand seiner Freundin, aber diese war offenbar noch immer sauer und machte sich von ihm los. Verbissen stapfte sie den steilen, mit Steinen übersäten Pfad hinauf. Allzu viele Touristen waren, jetzt im Juni, noch nicht unterwegs, aber trotzdem kamen ihnen hin und wieder ein Wanderer und einmal auch eine ganze Gruppe entgegen. Die meisten grüßten freundlich und viele brachten ihre Freude über das gute Wetter zum Ausdruck.

An dem Obelisken, der als „Old Man of Storr" bekannt war, legten sie eine kurze Pause ein und wanderten anschließend noch ein Stück weiter den ausgetretenen Pfad entlang.

»Siehst du Schatz, das ist jetzt schon der dritte Tag auf der Insel und wir haben noch immer fast zwanzig Grad.«

»Ja, stimmt schon«, räumte Rachel beinahe widerwillig ein. »Aber gestern Abend hat es geregnet.«

»Ein winziger Schauer«, lachte Daniel, umarmte sie von hinten und drückte ihr einen Kuss auf die Wange. »Sieh nur, dieses Felsmassiv sieht aus wie die Überreste einer Burg.«

Sie hatten einen weiteren Hügel erklommen, rechts von ihnen ragte eine frei stehende, mehrere Meter hohe Felswand empor, zerklüftet, mit zahlreichen Löchern im Fels. Raben krächzten auf den zackigen Spitzen, die Daniel an Zinnen erinnerten. Zu ihrer Linken erkannte Daniel ein Felsmassiv, von dem zahlreiche Steinbrocken hinabgestürzt waren. Wo einst grünes Gras den Boden bedeckt hatte, türmten sich nun am Fuße der Bergwand hohe Geröllhaufen auf.

»Eine Burg?« Rachel legte den Kopf in den Nacken. »Na, ich weiß nicht.«

»Deine neue Freundin hat eben keine Fantasie«, erfolgte postwendend Toms Kommentar. Er kniff die Augen zusammen. »Siehst du etwa nicht die Elfen und Kobolde, die sich zwischen den Felsen verstecken?«

»Elfen und Kobolde«, schnaubte Rachel. »Was hast du denn gestern Abend mit dem alten Alaisdair geraucht?«

»Was will man auch von einer Studentin der Rechtswissenschaften erwarten?«, seufzte Tom theatralisch. »Nur Zahlen und belegbare Fakten im Kopf. Und was Carols Urgroßonkel Alaisdair angeht – du solltest ihm besser zuhören. Er hat jede Menge interessanter Geschichten zu erzählen.«

»Das wirre Gerede eines Achtundneunzigjährigen.« Rachel stemmte ihre Hände in die Hüften. »Gut, diese Felsen sind beeindruckend«, fuhr sie dann gelangweilt fort. »Können wir jetzt zurückgehen?«

»Weiter oben«, Carol deutete auf ein grünes Hochplateau, »führt der Pfad noch weiter und man hat einen wunderbaren Blick über das gesamte Storr-Plateau und die dahinter liegenden, von Menschenhand völlig unberührten Hügel.«

»Hier ist es mir schon einsam genug.« So als wäre die Sache damit erledigt, schulterte Rachel ihren Rucksack.

»Es ist noch nicht einmal Mittag, und ehrlich gesagt habe ich keine Lust, bei diesem wunderbaren Wetter den ganzen Tag in einem Café zu verbringen, nur weil Madame meint, nicht ohne ihre E-Mails leben zu können.« Jetzt klang Tom regelrecht gereizt, was bei ihm eigentlich selten vorkam.

»Was kann ich dafür, dass Carols Großtante nicht einmal Internet hat«, keifte Rachel zurück. Wütend hielt sie ihr Smartphone in die Höhe. »Und hier hat man ja auch nirgends Empfang!«

»Das ist eben so auf der Insel.« Bedauernd hob Carol die Schultern und Daniel lächelte ihr entschuldigend zu. Rachels biestiges Verhalten war ihm mehr als peinlich und er konnte es einfach nicht nachvollziehen. Normalerweise war sie nicht so zickig.

»Zwei Wochen ohne Internet werden niemanden umbringen. Ein Vorschlag zur Güte«, bemühte sich Daniel um einen Kompromiss. »Heute wandern wir noch ein Stück, und morgen kann Rachel entscheiden, was wir tun. Der Wetterbericht hat ohnehin von Regen gesprochen.«

»Seht ihr euch nur die *unberührte Landschaft* an«. Demonstrativ verschränkte Rachel die Arme vor der Brust. »Dann bleibe ich hier und sonne mich.«

Vermutlich war sie davon überzeugt, dass Daniel sich jetzt dafür einsetzen würde, dass sie alle gemeinsam zurückgingen. Aber diesmal hatte er keine Lust, nachzugeben, denn auch er wollte lieber noch ein Stück wandern.

»Gut, wir holen dich später hier ab.« Beinahe bereitete es ihm schon Genugtuung, als er sah, wie Rachel ihre blauen Augen weit aufriss. Dann schnaubte sie, riss sich den Rucksack von den Schultern und legte sich ins Gras.

»Viel Spaß«, giftete sie.

»Und lass dich von keinem Kobold fressen«, konnte sich Tom offenbar nicht verkneifen zu sagen, aber diesmal ließ sich Rachel nicht zu einer Antwort herab, sondern hielt nur ihr Gesicht in die Sonne.

»Sei nicht sauer, Schatz«, versuchte Daniel nun doch einzulenken. »Es ist für mich das erste Mal hier auf der Insel und ich möchte gerne so viel wie möglich sehen.«

»Tu dir keinen Zwang an.« Ohne die Augen zu öffnen wedelte sie mit der Hand und Tom nickte auffordernd mit dem Kopf in Richtung des Pfades, der sich weiter in die Höhe wand.

Leise seufzend machte sich Daniel auf den Weg, warf noch einen Blick zurück, doch Rachel blieb wo sie war.

»Sag mal, bist du wirklich sicher, dass du mit dieser Zicke zusammenbleiben möchtest?«, fragte Tom nach ein paar Metern.

»Tom!«, rief Carol empört aus und stieß ihren Freund in die Seite. Dieser jedoch schüttelte den Kopf.

»Ist doch wahr. Wir sind jetzt schon lange genug befreundet, dass ich Daniel so eine Frage stellen kann.«

»Sonst ist sie eigentlich nicht so«, murmelte Daniel vor sich hin. Vor gut acht Monaten hatte er Rachel in einer Bar in Liverpool kennengelernt. Er hatte ihre offene, lebendige Art auf Anhieb gemocht, und auch ihr Aussehen entsprach durchaus seinem Geschmack: Schlank, blonde Haare, einen halben Kopf kleiner als er selbst. Sie hatten einiges miteinander unternommen, bereits ein gemeinsames Wochenende in London verbracht, und sich eigentlich immer gut verstanden. Doch auf dieser Reise nach Schottland hatten sich die ersten Uneinigkeiten eingestellt. Wie es aussah, kam Rachel mit dem deutlich raueren Klima, als sie es von Südengland gewohnt war, nicht zurecht. Zudem entsprachen der einfachere Lebensstil ohne zahllose Fernsehsender und Internet sowie die Unternehmungen in freier Natur nicht gerade Rachels Urlaubsvorstellung.

»Ist doch egal«, riss ihn Carol aus seinen Gedanken. Sie hakte sich bei ihm ein und zwinkerte ihm zu. »Auf jeden Fall freue ich mich sehr, dass wir es endlich geschafft haben, unseren Daniel in den wilden Norden zu locken.«

»Hat ja auch lange genug gedauert«, brummte Tom. Er kletterte über eine alte Mauer aus Naturstein, half seiner Freundin hinauf und wandte sich dann erneut an Daniel. »Sonst hattest du ja immer Ausreden, du alter Lump.«

»Das waren keine Ausreden. Aber wenn man eine

Freundin in Frankreich hat, fährt man eben in seinem Urlaub eher zu ihr.«

»Celine«, seufzte Tom. »Die war eher ein Mädchen für dich. Patent, flexibel, und …«

»So flexibel, dass sie festgestellt hat, den Rest ihres Lebens lieber mit ihrem neuen Kollegen verbringen zu wollen als mit mir.« Der Gedanke daran, dass Celine nun seit über einem Jahr verheiratet war, setzte ihm insgeheim noch immer zu, selbst wenn sich ihre Trennung diesen Herbst schon das dritte Mal jährte.

Tröstend legte sich Carols Hand auf seinen Arm. »Zumindest war sie ehrlich zu dir. Ich denke nicht, dass sie dich betrogen hat. Aber manchmal ändern sich Gefühle einfach.«

»Na, hoffentlich nicht bei dir«, dröhnte Tom, fasste die deutlich kleinere Carol um die Hüfte und wirbelte sie herum.

»Wenn du mich nicht gleich in Ruhe lässt, werde ich es mir überlegen«, lachte sie.

Daniel betrachtete die beiden mit einem wehmütigen Schmunzeln. Sie waren schon seit fünf Jahren ein Paar und, wie es aussah, noch immer glücklich. Für nächstes Jahr hatten sie ihre Hochzeit geplant und wollten irgendwann ein Haus bauen.

»Sollen wir hier Mittag essen oder noch ein Stück wandern?«, fragte Daniel in das Gelächter seiner Freunde hinein. »Auf diesem flachen Felsen könnte man gut kochen.«

Tom sah sich um, dann deutete er einen Anstieg hinauf. »Lasst uns noch ein paar Meter gehen. Von dort oben haben wir einen besseren Blick.«

Über weiches Frühlingsgras wanderten sie weiter, erklommen einen Hügel und ließen sich auf dessen Gipfel nieder. Trotz der Brise, die vom Meer her wehte, war es ausgesprochen warm. Carol und Tom begannen unter gutmütigem Geplänkel ihr Essen auszupacken, aber Daniel schlenderte weiter auf den Abhang zu. Tief unter ihm lag ein Tal. Im Gegensatz zu der rauen Felslandschaft erschien Daniel dieses weitläufige Gebiet hier lieblich. In einer irisierenden Farbenpracht aus unterschiedlichen Grüntönen erstreckten sich zahlreiche Hügel so weit das Auge reichte, und ihm wurde direkt schwindlig, als er hinab blickte. Wie hypnotisiert beugte er sich nach vorne. Grüne Wirbel tanzten vor seinen Augen, und sooft er auch blinzelte, sein Blick wurde nicht klarer. Ihm war, als hätte sich ein hauchdünner Schleier, der vom Wind in eine sanfte wellenartige Bewegung versetzt wurde, über das Land gelegt.

»Vorsicht, Daniel!« Schmerzhaft krallte sich eine kräftige Hand in seine Schulter, und als Daniel sich irritiert umdrehte, erkannte er Toms Pranke, die ihn, jetzt wo er darauf achtete, vermutlich vor dem Absturz bewahrt hatte. »So nah solltest du nicht an den Abhang gehen.«

»Ich will dort hinunter.« Daniel bemerkte selbst wie verzögert und undeutlich die Worte aus seinem Mund kamen, ohne dass er etwas dagegen tun konnte. Tom sah ihn verwirrt an und rüttelte ihn an den Schultern.

»Ist alles in Ordnung mit dir?«

Daniel drehte sich von dem grünen Tal weg, wandte sich seinem Freund zu, und auf einmal konnte er wieder klar sehen. Kurz schüttelte er sich und wusste dann selbst nicht, was in ihn gefahren war. Doch ein erneuter Blick hinab weckte wieder diese seltsame Sehnsucht in ihm. »Es ist, als würde man in eine andere Welt schauen«, flüsterte Daniel.

»Um es mit den Worten deiner Freundin zu sagen: Was hast Du denn geraucht?«, dröhnte Tom. »Komm jetzt, Carol hat die Suppe warm gemacht.«

Widerwillig wandte sich Daniel von dem grünen Tal ab, und auch die dampfende Gemüsesuppe auf dem Gaskocher vermochte ihn kaum abzulenken.

»Machst du dir Gedanken wegen Rachel?«, erkundigte sich Carol besorgt. »Sicher wird sie sich wieder einkriegen.«

»Rachel?«, fragte Daniel abwesend und plötzlich glaubte er vom Tal her ein leises Lachen zu hören. Sofort trat er einen Schritt vor und spähte hinab. Doch dort unten war niemand. Nur diese Farbwirbel, die ihn magisch anzogen.

»Wir essen und gehen anschließend zurück. So lange wird es Madame schon allein aushalten«, sagte Tom nüchtern.

Noch stundenlang hätte Daniel so dastehen und in die Tiefe blicken können. Das Grün bildete immer wieder neue Farbschattierungen, beinahe hatte er den Eindruck, schemenhafte Gestalten würden dort unten umherwandeln. Aber schließlich ließ er sich von seinen Freunden weiter schieben, doch während sie den Pfad hinab stiegen, blieb das seltsame Gefühl, irgendetwas Wertvolles zurückgelassen zu haben. Eine ihm unbegreifliche leise Sehnsucht haftete an Daniel, zerrte an ihm wie eine unsichtbare Hand, die ihn auf etwas aufmerksam machen wollte.

Als die drei schließlich Rachel erreichten, erkannte Daniel beim ersten Blick in ihr Gesicht, dass sie wütend war. Ihre Jacke eng um sich geschlungen stand sie neben dem Pfad und funkelte sie an.

»Na endlich. Habt ihr nicht gemerkt, wie windig es geworden ist?«

»Hmm«, erwiderte Daniel zerstreut, blickte die Felsformation hinauf, die ihn zuvor schon so fasziniert hatte. Jetzt verschwammen ihre Formen auf einmal, flackerten, dehnten sich regelrecht aus. Mit einem leisen Keuchen fuhr sich Daniel über die Augen, kniff sie zusammen – und auf einmal sah alles wieder normal aus.

»Daniel, sag mal, geht es dir wirklich gut?« Während Rachels Gezeter aus ein paar Schritten Entfernung noch immer an sein Ohr drang, stand auf einmal Carol vor ihm. Ihre Augen suchten die Felswand ab, sahen aber offenbar nicht das, was Daniel kurz zuvor wahrgenommen zu haben glaubte.

»Doch, alles in Ordnung.« Er verzog den Mund. »Vielleicht brauche ich langsam eine Brille.«

Carol strich ihm flüchtig über die Wange und musterte ihn besorgt.

»Rachel hat recht«, sagte er dann nur. »Der Wind hat tatsächlich aufgefrischt und die dunklen Wolken über dem Meer künden auch von nichts Gutem. Lasst uns gehen.«

Gedankenverloren marschierte er los, und die anderen folgten ihm hinab zum Parkplatz.

Kapitel 2

»Ha, ha, wenn ihr das hier einen Sturm nennt«, krächzte der alte Alaisdair MacGillivray, Carols Urgroßonkel, »dann hättet ihr euch gewundert, wenn ihr damals, 1923, hier gewesen wärt. In diesem Jahr hat ein Orkan beinahe sämtliche Dächer von Roskhill fortgerissen.«

Schon den ganzen Tag lang jagten Sturm und Regenschauer über das Land. Vom Meer, auf das man normalerweise vom Cottage aus einen guten Blick hatte, war nichts mehr zu sehen. Einem undurchdringlichen Schleier gleich fiel der Regen auf die Erde, und nicht einmal Rachel verspürte das Bedürfnis, bei diesem Wetter nach Portree zu fahren. Die Lippen verbissen zusammengekniffen saß sie am Fenster und feilte schon seit einer Stunde an ihren Fingernägeln herum. Daniel, Carol und Tom hingegen hatten es sich am offenen Kamin gemütlich gemacht. Ein lustiges Torffeuer prasselte darin, verströmte einen angenehmen Geruch, während sich die drei über alte

Zeiten unterhielten - damals, als sie noch an der gleichen Universität studiert hatten. Irgendwann hatte sich Alaisdair MacGillivray zu ihnen gesetzt und begonnen, von seinem bewegten Leben zu erzählen.

»Ich war erst 13 Jahre alt, aber ich weiß es noch, als wäre es heute gewesen«, fuhr er mit düsterer Stimme fort. »Man hatte das Gefühl, eine Geisterarmee würde über den Himmel jagen, eine wilde Horde aus Feen, Kobolden und Riesen, die endgültig genug davon hatten, dass Menschen ihr Land für sich beanspruchten.«

Vom Fenster aus war ein abfälliges Schnauben zu vernehmen, aber zum Glück hörte Urgroßonkel Alaisdair ohnehin nicht mehr allzu gut.

»Hat der Sturm Ihr Haus auch abgedeckt?«, erkundigte sich Daniel interessiert.

»Nein.« Der spindeldürre Mann mit dem wettergegerbten Gesicht richtete sich in seinem Sessel auf. Dann strich er sich eine lange Haarsträhne aus der Stirn - die Einzige, die, abgesehen von einem dünnen Kranz, noch seinen Kopf zierte. »Meine Großmutter hat stets Opfergaben an die Wesen der anderen Welt dargebracht. Deshalb haben sie uns verschont.«

»Vater!« Gerade kam Carols Großtante mit einem Tablett dampfender Scones herein. Das sonst immer freundliche, rundliche Gesicht der kleinen Frau verzog sich missbilligend. »Lass doch die jungen Leute mit deinen Feengeschichten in Ruhe. Carol kennt sie ohnehin schon auswendig.«

Die junge Frau mit den schulterlangen hellbraunen Haaren grinste gutmütig, dann drückte sie ihrem Urgroßonkel einen Kuss auf die schlaffe Wange. »Dennoch liebe ich sie.«

»Und ich höre sie ebenfalls sehr gern«, versicherte Daniel.

Janet MacGillivray murmelte etwas, das verdächtig nach: »Sie wollen nur höflich sein, die jungen Leute« klang und stellte ihr Tablett auf den Tisch. Danach verschwand sie wieder in die Küche.

Alaisdair MacGillivrays von Altersflecken übersäte Hand streckte sich zittrig nach einem Scone aus. Bedächtig schnitt er das Gebäck auf und begann es dann mit beinahe schon meditativer Langsamkeit mit Butter zu bestreichen.

»Meine Urgroßmutter behauptete gar, unsere Vorfahren hätten einen Pakt mit Coinneach, dem Herrn des Feenvolks, geschlossen.«

»Und was besagte dieser Pakt?« Daniel wusste selbst nicht, was mit ihm los war. Aber hier, in dieser besonderen Atmosphäre, mit dem flackernden Feuer, dem Wind, der ums Haus heulte, und diesem uralten Mann, da kamen ihm diese Geschichten realer vor als vieles, was er bisher gehört hatte. Ächzend lehnte sich Urgroßonkel Alaisdair in seinem Stuhl zurück, mümmelte an seinem Scone und sprach anschließend weiter.

»Man erzählt sich, einer meiner Vorfahren hätte dem ersten Sohn von Coinneachs Bruder, der über die Inseln der Äußeren Hebriden herrscht, das Leben gerettet. Der junge Feenkrieger segelte auf diese Insel und überschritt unbedarft die Grenze, die das Reich der Feen von dem unseren trennt. Am Fuße des Loch Leathan geriet er in Streit mit einem Menschen, einem

Krieger der MacDonalds aus dem Süden von Skye, und wurde beinahe erschlagen.« Nun nahm er seine geblümte Tasse in die Hand, schlürfte vorsichtig, und fuhr anschließend fort. »Alaisdair MacGillivray«, der Alte kicherte, »er trug den gleichen Namen wie ich, war an diesem Tag unterwegs, um eine Schafherde aus den Bergen zu holen. Und dabei tat er etwas, das nur wenigen Sterblichen vergönnt ist.«

»Was, Mr. MacGillivray? Was war das?« Daniel barst fast vor Neugier und klebte an den Lippen des alten Mannes. Dieser beugte sich ein wenig nach vorne und machte eine ausladende Handbewegung. »Er durchdrang den Schleier der Welten«, flüsterte er geheimnisvoll.

»Wie praktisch, nach solch einem Helden benannt zu sein«, ertönte Rachels Kommentar.

»Niemand zwingt dich, zuzuhören«, schoss Daniel etwas schärfer als beabsichtigt zurück.

»Gräme dich nicht, junger Mann«, lachte Alaisdair MacGillivray, »ich bin es gewöhnt, für meine Geschichten verspottet zu werden.« Die hellblauen, ungewöhnlich klaren und wachen Augen, die das wahre Alter von Carols Urgroßonkel Lügen straften, fixierten ihn. »Doch manch einer weiß um die Wahrheit, die sich in Legenden versteckt.«

»Nein, in der Tat muss ich mir *das hier* nicht antun.« Anmutig erhob sich Rachel und stolzierte zur Tür. »Ich gehe mich jetzt umziehen, und sofern dieses Unwetter doch noch nachlässt, können wir vielleicht endlich in die Stadt fahren.«

»Entschuldigen Sie bitte, Alaisdair.« Schon seit gestern fragte sich Daniel ernsthaft, ob dieser gemeinsame Urlaub mit Rachel tatsächlich eine gute Idee gewesen war. Hier kamen Seiten an Rachel zum Vorschein, die ihm überhaupt nicht gefielen und mittlerweile stellte er ihre ganze Beziehung in Frage.

Doch der alte Mann schien nicht beleidigt zu sein. »Wo war ich stehen geblieben? Ach ja, Alaisdair fand also den verletzten jungen Mann, erkannte ihn sogleich als einen vom Feenvolk, und brachte ihn ins Tal der Feen. Dort überschritt er die Grenze, was normalerweise den sicheren Tod eines Sterblichen bedeutet.«

»Weshalb musste man deswegen gleich sterben?« Jetzt war Daniel endgültig gefangen von den Erzählungen des alten Mannes und er wollte wissen, wie es weiterging. Außerdem verspürte er ein Kribbeln, eine Sehnsucht, weiter in die Geheimnisse dieses Landes vorzudringen.

»Es ist seit vielen Tausend Jahren verboten, denn sonst werden sich die Riesen der Cuillin Hills erheben und alles zerstören«, flüsterte Alaisdair MacGillivray. »Möchtet ihr hören, wie es dazu kam?«

Daniel nickte gebannt und der alte Mann straffte seine Schultern, bevor er fortfuhr.

»Das Feenvolk hatte sich schon einige Jahrhunderte nach Beginn unserer Zeitrechnung aus der Welt der Menschen zurückgezogen, um das magische Gleichgewicht zu wahren und zumindest jenseits des Schleiers seine Magie weiterhin zu wirken, bis erneut ein Zeitalter der Magie anbrechen würde. Die Riesen hingegen waren bestrebt, die Welt der Menschen zu vernichten, weil die Völker der Legenden nicht mehr wie in den alten Tagen geehrt wurden. Doch die Feen,

Kobolde und Elfen fühlten sich den Menschen noch immer verbunden, besiegten die Riesen, bannten sie in Stein und wirkten einen magischen Schleier um ihr Reich. Nur leider ist kein Bann unbrechbar und Dubh, der größere der Riesenbrüder, sprach einen Fluch aus. Wenn ein Mensch über die Grenze tritt, werden sich die Riesen erneut erheben und nur das Blutopfer eines Menschen kann sie dann wieder zu Stein werden lassen. Die Feen lebten also nun in ihrem Reich und kommen auch heute nur noch an wenigen Tagen über die Grenze, erfüllen unser Land mit ihrem Zauber und ziehen sich anschließend wieder zurück.«

»An welchen Tagen?«, wollte Daniel wissen.

»An jenen, an denen der Schleier zwischen den Welten dünn ist. Wenn sich die Sonne wendet, zum Beginn des Sommers und Winters, jenen Tagen, die unsere Vorfahren gefeiert haben. Aber nun lass mich weiter erzählen«, tadelte der Alte, wobei er seinen knochigen Finger strafend erhob.

Beinahe fühlte sich Daniel wie ein kleiner Schuljunge, aber er schwieg und lauschte gespannt.

»Alaisdair legte den verletzten Feenjungen in das weiche Gras des Feentals. Er wusste von der Legende der Riesen, dennoch wollte und konnte er den Feenjungen nicht sterben lassen, beabsichtigte nur zu helfen und rasch wieder durch den Schleier zu verschwinden. Doch da erschien Coinneach. Eine beeindruckende Gestalt muss er gewesen sein. Hochgewachsen, mit hüftlangem blondem Haar und stechendem Blick. Auf der Stelle wollte er Alaisdair opfern, damit sich die Riesen nicht erneut erhoben, doch dann erkannte er seinen Neffen. Weil er die Gesetze missachtete und nun die Wesen der anderen Welt erneut gegen die Riesen kämpfen mussten, kam es zu einem Krieg in seinem Reich, doch aus Dankbarkeit nahm er ihn in Kauf. Er selbst wollte Alaisdair zurück durch den Schleier geleiten und man sagt, zwischen den beiden Männern entstand eine Freundschaft, als sie sich gemeinsam ihren Weg freikämpfen mussten. Dubh und Dearga – nach diesen beiden Riesen sind die Black Cuillins und die Red Cuillins benannt, auch wenn das kaum noch ein Mensch weiß - scharten Steintrolle,

Felsengeister und andere Wesen aus dem Land jenseits des Schleiers um sich, denn sie hatten Alaisdairs Übertritt bereits gespürt. Noch hatten sie keine feste Form angenommen, doch ihre Schergen zogen in den Kampf, wollten Blut und viele sogar die Welt der Menschen für sich erobern. Trotz der Gefahr war Alaisdair fasziniert vom Feenreich, von seiner Magie, seiner Farbenpracht, diesen anmutigen Wesen. Coinneach gelang es, ihn zurück in die Menschenwelt zu schicken und Alaisdair ging nach Hause. Aber das Feenreich ließ ihn nicht mehr los und aus Freundschaft zu Coinneach und den Seinen blieb Alaisdair nicht lange in seinem Dorf, sondern überschritt erneut die Grenze, denn ein schlechtes Gewissen plagte ihn. Er zog mit in den erneuten Krieg gegen die beiden Riesenbrüder und ihre Verbündeten. Erbittert kämpften die Riesen gegen die Feen und man sagt, selbst in der Menschenwelt habe man das Beben gehört, als sich die beiden Riesen manifestiert hatten. Lange zogen sich die Kämpfe hin und am Fuße eines Berges nahe des Loch Coruisk fand Alaisdair den Tod.

Sein Blut tränkte den Boden der Cuillin Hills, woraufhin sich die Riesen wieder zurückzogen, denn die Blutschuld war beglichen. Der Berg wurde nach ihm benannt und ist sogar heute noch als Sgùrr Alasdair bekannt.«

Tom räusperte sich, deutete ein Schmunzeln an, aber Alaisdair hob mahnend seinen Zeigefinger. »Ich weiß was du sagen willst, Tom. Es wird behauptet, der Berg sei nach Alexander Nicholson benannt, der 1873 das erste Mal seinen Gipfel erklomm. Aber ich weiß, der Name geht auf meinen Vorfahren zurück!«

»Schon gut, Onkelchen, erzähl weiter«, sagte Carol sanft.

»Wo war ich stehen geblieben. Ach ja. Die Riesen waren also wieder zu Stein erstarrt und Coinneach brachte Alaisdairs Leiche zurück zu seiner Familie, dankte ihnen mit Gold und Edelsteinen für Alaisdairs Tapferkeit und wies seiner Familie sogar einen Platz auf Skye zu, der mit einem besonderen Zauber belegt war.« Der alte Mann deutete auf den Boden. »Unser Land wird von den Feen bewacht. Zudem versprach

Coinneach Alaisdair bis in alle Ewigkeit Schutz und Hilfe für alle MacGillivrays und deren Freunde. Ihr mögt zweifeln, aber ich kann euch sagen, dass uns seit Generationen niemals ein Sturm die Ernte vernichtet, keine Seuche unser Vieh getroffen hat und alle MacGillivrays weit über achtzig Jahre alt geworden sind. Sogar in den Zeiten, als die Engländer die Schotten vertrieben, getötet und unterdrückt haben, ist uns kein Leid geschehen. Der Schutz der Feen hat noch bis heute für alle MacGillivrays Bestand.«

»Na, da haben wir aber Glück, Daniel«, lachte Tom, und zwinkerte ihm zu. »Dann stehen wir ja sogar unter dem Schutz der Feen.«

Alaisdair MacGillivray gähnte herzhaft, wobei er einen annähernd zahnlosen Gaumen entblößte. »Selten geworden sind die, denen es gegeben ist, einen Blick ins Feenreich werfen zu können«, murmelte er noch vor sich hin, bevor er in seinem Sessel zusammensackte und einschlief.

»Seht nur, der Himmel reißt auf«, sagte Carol auf einmal, und tatsächlich erkannte Daniel, als er den

Kopf schief legte und zum Fenster hinaus spähte, einen blauen Streifen zwischen den düsteren Sturmwolken hervorschimmern.

»Dann lassen wir Großonkelchen besser allein und gehen einkaufen«, flüsterte Tom und lachte unterdrückt auf. »Sicher träumt er von seinem Feenreich.«

Eine krächzende Stimme ließ Daniel herumfahren, nachdem sie sich schon allesamt der Tür zugewandt hatten. »Ich bin alt und dem Feenreich näher als ihr. Ich sehe Dinge, die ihr nicht sehen könnt – oder wollt.« Nur das linke Augenlid des alten Mannes war halb geöffnet, und nun schloss es sich auch wieder langsam.

»Also manchmal bezweifle ich, dass er wirklich schlecht hört«, sagte Carol, schüttelte den Kopf und trat hinaus in den Gang. Daniel hingegen betrachtete Alaisdair noch einen Moment lang und er fragte sich, was genau der alte Mann zu sehen glaubte.

Die Euphorie über die vermeintliche Wetterbesserung hielt nicht lange an, denn sowohl am

Nachmittag als auch am nächsten Tag jagten Sturmwolken über die Insel und schienen alles mit ihrem bleiernen Grau erdrücken zu wollen.

Dementsprechend mies war die Stimmung beim Mittagessen, auch wenn Tom versuchte, für gute Laune zu sorgen.

»Wir könnten einen Abstecher ins Dunvegan Castle machen«, schlug er vor, doch Rachel schnaubte nur gelangweilt.

»So etwas interessiert mich nicht.«

»Die alte Burg ist wirklich nett anzusehen und einen Souvenirshop gibt es auch«, versuchte auch Carol ihr Glück, Rachel zumindest mit einer ihrer Lieblingsbeschäftigungen zu locken - Shopping! Doch Rachel schüttelte den Kopf und erhob sich vom Frühstückstisch.

»Ich werde jetzt mit meiner Schwester Ellen telefonieren. Das ist ja das einzig Vernünftige, was man noch tun kann.« Ohne eine Antwort abzuwarten, ging sie mit ihrem Smartphone in der Hand hinaus. An ihrem Gesichtsausdruck und daran, wie sie hektisch mit dem Handy herumfuchtelte, erkannte man genau, dass sie mal wieder keinen Empfang hatte.

»Also so schlecht finde ich das Wetter jetzt auch wieder nicht.« Daniel deutete hinaus aufs Meer. »Es ist zwar düster, aber zumindest regnet es nicht. Ich hätte Lust, mich zu bewegen. Vielleicht gehen wir noch einmal hinauf zum Old Man of Storr. Weiter oben ist es wirklich …«, er zögerte kurz und das grüne Tal tauchte vor seinem inneren Auge auf, »… faszinierend, Rachel.«

»Dann seid aber auf der Hut«, krächzte Urgroßvater Alaisdair. »Heute ist Sommersonnenwende, da entzünden die Feen ihre Feuer und tanzen auf dem Storr-Plateau.«

»Nein danke«, lehnte Rachel naserümpfend ab. »Feen oder nicht, ich werde heute garantiert nicht durch matschiges Gelände stapfen. Das kannst du allein machen.« Damit öffnete sie die Tür und sah ihren Freund auffordernd an.

»Ja, vielleicht werde ich das auch«, erwiderte Daniel provozierend, und als Rachel die Tür von außen zuknallte, schüttelte er den Kopf. »Tom, Carol, hättet ihr vielleicht Lust?«

»Eigentlich gern«, erwiderte Tom bedauernd, »nur leider haben wir Carols Tante versprochen, ihr beim Ausbessern der Scheune zu helfen.«

»Hmm, soll ich auch mithelfen?«

»Nein, um Himmels Willen«, empörte sich Carol. »Du bist unser Gast. Sieh dir die Insel an. Vielleicht magst du auf die MacLeods Tables steigen, das ist eine tolle Wanderung. Der Aufstieg ist lang und nicht ganz einfach, aber um diese Jahreszeit bleibt es ja bis Mitternacht hell. Du biegst in Dunvegan in Richtung Carbost ab, dann siehst du die beiden Tafelberge schon links von dir aufragen.«

Daniel zögerte kurz, denn er war sich nicht sicher, ob er wirklich allein losziehen sollte. Zudem hatte er Rachel gegenüber ein schlechtes Gewissen, aber nachdem Carol sich schon daran machte, ihm Proviant einzupacken, entschloss er sich, tatsächlich auf eigene Faust loszuziehen.

Zunächst fuhr Daniel durch das Örtchen

Dunvegan, in dem sich auch das legendäre Schloss der MacLeods befand. Vielleicht würde sich in den nächsten Tagen die Gelegenheit bieten, dieses zu besichtigen; notfalls auch ohne Rachel. Aber jetzt bog er in eine der schmalen, einspurigen Hochlandstraßen ab, und bald schon entdeckte er die beiden Tafelberge zu seiner Linken. In einer Einbuchtung am Straßenrand hielt er an und ließ seinen Blick schweifen. Eigentlich hatte er durchaus Lust, einen dieser Berge zu erklimmen. Sicher hatte man von dort oben einen phantastischen Blick auf die Meeresbucht mit ihren kleinen Inselchen und auch über das umliegende Land. Dennoch spürte er eine seltsame Unruhe, und selbst als er ausstieg und seine Wanderstiefel anzog, zögerte er. Ganz langsam band er die Schnürsenkel zu, dann schaute er entlang der Straße zurück.

Eigentlich wäre ich lieber noch einmal zum Old Man of Storr hinauf gestiegen, dachte er. Doch dann schüttelte er entschieden den Kopf. *Dort war ich schon und ich wollte ja so viel wie möglich von der Insel erkunden.* Energisch schloss er das Auto ab, stapfte los, den holprigen und von

Traktorspuren zerfahrenen Feldweg entlang, der in Richtung des näher gelegenen Tafelberges führte. Doch seine Schritte wurden zögerlicher und auf halbem Weg drehte er plötzlich um und joggte zum Auto zurück. Daniel wusste selbst nicht, was mit ihm los war, aber er verspürte das dringende Bedürfnis, jetzt das Storr-Plateau zu besuchen.

So etwas war ihm zuvor noch niemals passiert und er konnte es sich auch nicht erklären. Normalerweise war er recht vernünftig und neigte nicht zu unüberlegten und völlig sinnlosen Aktionen. Während der Fahrt zweifelte er mehrfach an seinem eigenen Verstand, sah sich schon versucht, zurück nach Roskhill zu fahren, lenkte jedoch sein Auto weiter nach Portree und die gewundene Straße an der Küste entlang. Bald schon konnte er die Felsnadel ausmachen. Wie ein riesiger Hinkelstein zeichnete sie sich vor dem Himmel ab. Als er endlich den Parkplatz erreichte, von dem aus der Pfad hinaufführte, war es schon kurz nach sechs, und auch wenn immer wieder blauer Himmel zu erkennen war, hingen im Westen bedrohliche graue

Wolken.

»Allein brauche ich nicht länger als eine Stunde für den Aufstieg«, sagte Daniel zu sich selbst. »Also bin ich in spätestens drei Stunden wieder beim Auto.«

Voller Energie wanderte er den Berg hinauf. Zunächst durch ein düsteres Waldstück, dann über die ausgetretenen Pfade weiter in Richtung der Basaltfelsen. Überall rannen kleine Bäche von den Hängen herab, was dem morgendlichen Regen zu verdanken war. Und so musste Daniel aufpassen, auf dem feuchten Untergrund nicht auszurutschen.

»Geh lieber nicht mehr allzu weit hinauf«, warnte ihn ein bärtiger Wanderer um die sechzig, der forschen Schrittes mit seiner Frau den Berg hinab kam. »Ich glaube, das Wetter schlägt um.« Sein Finger deutete hinauf zum Felsmassiv, das sich hinter den Basaltnadeln erhob. Und tatsächlich waberten dort mit einem Mal Nebelschwaden und ein leichter Sprühregen schlug Daniel ins Gesicht.

»Ja, ich werde aufpassen«, versprach er, woraufhin das Ehepaar zufrieden nickte und weiter in Richtung

Parkplatz eilte.

Nur noch bis zu dem Felsen, der mich an eine Burg erinnert hat, sagte sich Daniel. Er wusste selbst nicht, weshalb er unbedingt weiter wollte, denn der Himmel verdunkelte sich immer mehr und der Wind nahm an Stärke zu. Wenngleich es jetzt im Frühsommer normalerweise erst gegen 23 oder 24 Uhr dunkel wurde, hatte man nun beinahe das Gefühl, die Nacht würde hereinbrechen. Auch in England zeigte sich das Wetter häufig von seiner wechselhaften Seite, doch hier in Schottland, und ganz besonders an der Westküste, konnte es innerhalb von Minuten von strahlendem Sonnenschein zu heftigem Regen oder Sturm umschlagen. Hinter Daniel hatte sich eine undurchdringlich erscheinende Front aus Regen und Nebel zusammengebraut und so entschloss er sich, doch weiter den Berg hinauf zu steigen und irgendwo Schutz zu suchen. Er legte sich ordentlich ins Zeug, aber der Regenfront konnte er nicht entkommen. Bald schon prasselten dicke Tropfen auf seinen Kopf und er zog sich eilig in den Schutz einer Felsnische zurück.

Dort kauerte er sich zusammen, beobachtete, wie Regen- und Nebelschwaden vom Wind durch den Einschnitt im Tal getrieben wurden, und spürte eine seltsame Faszination für dieses Naturschauspiel. Gewaltig, urtümlich mutete es an und so fortschrittlich die Zeit, in der Daniel lebte, auch sein mochte – diese Naturgewalten würde die Menschheit niemals bezwingen können. Daniel konnte kaum die Hand vor Augen sehen und wie er so in seinem Versteck abwartete, verlor er jegliches Zeitgefühl. Er sah dem prasselnden Regen zu, lauschte dem Heulen des Windes, der seine eigene Geschichte zu erzählen schien.

Daniel zuckte zusammen und sprang auf. Als ihm sein rechtes Bein wegknickte, fluchte er leise. War er etwa eingeschlafen? Durch Schütteln versuchte er, wieder genügend Blut in sein Bein zu bekommen. Tatsächlich – er musste eingenickt sein. Sturm und Regen hatten sich verzogen. Nebel lag über den Bergen, hüllte alles in ein dichtes, graues Tuch. Daniel fröstelte. Offenbar hatte er stundenlang hier gekauert, denn ein Blick auf sein Handy verriet ihm, dass es schon kurz nach 22 Uhr war. Eilig wählte er Rachels Nummer, denn sicher machten sich seine Freunde schon Sorgen, aber dann erkannte er, dass er hier oben keinen Empfang hatte. »Mist!« Schon wollte er sich an den Abstieg machen. Doch plötzlich glaubte er, in der entgegengesetzten Richtung ein Leuchten zu sehen. *Ist etwa noch so ein Irrer wie ich vom Regen überrascht worden?*, überlegte er und verzog den Mund. *Falls er eine Taschenlampe hat, könnte das den Abstieg erleichtern.*

Also hielt Daniel auf das Licht zu, kletterte weiter den schmierigen Pfad hinauf. Allerdings verschwand das Leuchten immer wieder, nur um kurz darauf an anderen Stellen erneut aufzutauchen.

Mist, er ist wohl weiter entfernt als ich gedacht habe, dachte Daniel. Schon öfters hatte er Distanzen in den Highlands falsch eingeschätzt. Wähnte man sein Ziel hinter dem nächsten Hügel, mochten noch drei oder vier weitere dazwischen liegen.

Trotzdem wollte er jetzt nicht aufgeben, kraxelte

verbissen bergauf, und verharrte, als oberhalb von ihm weitere Lichter aufflammten. »Was ist das denn?«, murmelte er vor sich hin. Rechts neben einem hüfthohen Felsen glaubte er, eine schemenhafte Gestalt auszumachen, doch Nebelschwaden verschleierten seine Sicht. Daniel schauderte, hatte das Gefühl, kalte Hände im Nacken zu spüren. Die Lichter waren wieder verschwunden und er überlegte, ob er schon halluzinierte. Sicher war es das Beste, einfach hinab zu steigen, Taschenlampe hin oder her. Entschlossen wandte sich Daniel um. Doch da hörte er etwas – leise Musik, oder war es ein Lachen? Wieder flammte etwas auf dem Bergabhang oberhalb von ihm auf, und diesmal sah er es genau: Ein Feuer! Zuckende Flammen schienen sich in den Nebel zu fressen, ihn auszuleuchten mit einem orange-gelben Schein.

Dann kampiert vielleicht jemand dort oben, dachte er. *Am besten ich steige hinauf. Vielleicht haben sie einen Platz in ihrem Zelt frei. Das ist allemal besser, als hier durch den Nebel zu wanken und sich am Ende noch den Hals zu brechen.*

Von neuem Mut erfüllt eilte Daniel den Hang

hinauf. Nachdem der Nebel nur hier und da aufriss und auch das Feuer nur gelegentlich zu sehen war, gestaltete sich der Aufstieg nicht ganz einfach. Mehrfach glitt Daniel aus, fiel zweimal hin, und seine Hose war inzwischen an den Knien schon ganz nass. Doch endlich stand er im leichten Wind auf der Anhöhe und staunte. Das Feuer war auf einmal verschwunden, aber dafür erstrahlte ein gigantischer Sternenhimmel über ihm, während das gesamte Storr-Plateau in einem Bett aus Nebel lag. Als er zu dem Abhang trat, dorthin, wo er gestern so fasziniert in die Tiefe geblickt hatte, stockte ihm gänzlich der Atem. Rechts von ihm erstreckte sich ein Pfad, erhellt von Fackeln, und auch das gesamte grüne Tal unterhalb von ihm war von gewaltigen Feuern erfüllt. Weit in der Ferne konnte er Gestalten ausmachen, hörte erneut dieses helle Lachen und trat näher. Träumte er noch immer? Er schloss die Augen und öffnete sie ruckartig; doch auch jetzt bot sich ihm das gleiche Bild. Gefangen zwischen Unglauben und Faszination ging Daniel einen weiteren Schritt nach vorne. Doch urplötzlich gab der Boden unter ihm nach. Daniel schrie auf, ruderte mit den Armen. Rasend schnell stürzte er in die Tiefe. Schmerzhaft krachte er mit der Schulter gegen einen Felsen, spürte einen scharfen Schmerz am Bein. Steine, Gras und wusste der Himmel was wirbelten um ihn herum. Nichts schien seine rasende Fahrt stoppen zu können! Auf einmal war der Boden unter ihm gänzlich verschwunden. In freiem Fall ging es in die Tiefe. *Das ist das Ende,* waren Daniels letzte Gedanken, bevor er mit seiner Schulter auf den Boden krachte und nur eine Sekunde später mit dem Kopf auf irgendetwas Hartem aufschlug.

Kapitel 3

»Verdammt, wo bleibt er denn?« Nervös trommelte Rachel auf dem Küchentisch herum. Gemeinsam mit Tom und Carol hatte sie beschlossen, diesen Abend im nächstgelegenen Pub zu verbringen, denn dort sollte es heute Livemusik geben – zumindest eine Abwechslung in diesem gewöhnungsbedürftigen Urlaub. Schnell hatte Rachel festgestellt, dass sie mit Daniels besten Freunden wenig anfangen konnte, und auch er verhielt sich irgendwie anders als sonst.

»Vielleicht hat es geregnet und er hat irgendwo Schutz gesucht?«, spekulierte Carol.

»Aber es regnet doch ausnahmsweise mal nicht.« Rachel sah zum Fenster hinaus, aber auch wenn es nun langsam dunkel wurde, hingen kaum Wolken am Himmel.

»Das mag bei den Tables wieder völlig anders sein«, erklärte Tom in diesem belehrenden Tonfall, für den sie ihn am liebsten erwürgt hätte.

»Ach ja?«, schnappte Rachel. »Dann sitzt er möglicherweise schon selbst in einem Pub und wir warten hier völlig umsonst. Anrufen könnte er ja zumindest.« Voller Wut starrte sie auf ihr Handy.

»Du weißt doch, dass der Empfang auf der Insel häufig zu wünschen übrig lässt.« Bedauernd hob Carol die Schultern.

»Na, du hast aber auch immer eine Entschuldigung für deinen heiß geliebten Daniel!«

»Carol sagt nur, was Sache ist«, verteidigte Tom natürlich seine Freundin, aber Rachel schnaubte nur verächtlich.

Nächstes Mal würde sie garantiert nicht wieder mit den beiden verreisen. Nein, sie würde mit Daniel nach Madrid oder Rom fliegen oder vielleicht sogar in die Karibik. In Gedanken daran nickte Rachel grimmig, und sah dann in das verdutzte Gesicht von Tom.

»Bist du einverstanden?«

»Womit?«

»Na, dass wir schon mal losfahren und Daniel eine Nachricht hinterlassen«, erklärte Tom gereizt. »Ich habe ihm zwar schon eine SMS geschickt, aber wer weiß, wann er die bekommt.«

»Ja, von mir aus«, grummelte Rachel, ordnete noch einmal ihre Haare und folgte den beiden hinaus zum Auto.

»Rachel, kannst du bitte die Heizung anmachen? Es ist verdammt kalt.« Zitternd drehte sich Daniel auf die andere Seite – oder versuchte es zumindest, denn ein gleißender Schmerz fuhr durch seinen gesamten Körper. Er schnappte nach Luft. Sterne tanzten vor seinen Augen und eine Welle der Übelkeit drohte über ihn hereinzubrechen. Seine Hand krallte sich in feuchtes Gras. Er presste die Augen fest zusammen, bemühte sich, gleichmäßig ein- und auszuatmen, und als er dann vorsichtig die Augenlider hob, erkannte er den sich langsam erhellenden Nachthimmel und den Mond im Westen, der im Begriff war unterzugehen.

Verdammt, ich bin abgestürzt, erinnerte er sich und biss die Zähne zusammen, als er sich an den Kopf fasste. An der rechten Schläfe ertastete er eine dicke, äußerst schmerzhafte Beule. Blut klebte nun an seiner

Hand und auch ansonsten erwies sich diese als völlig verdreckt und zerkratzt.

Daniel versuchte aufzustehen, doch schon wieder schwanden ihm die Sinne. Der linke Knöchel schmerzte höllisch und war höchstwahrscheinlich gebrochen. Es gelang ihm nicht einmal den Schuh auszuziehen, denn sein Fuß war dick angeschwollen. Außerdem hätte er sich durch den simplen Versuch, sich nach vorne zu beugen, schon beinahe übergeben.

»Verdammte Scheiße!« Daniel ließ sich nach hinten sinken, lehnte den Kopf gegen nasses, kaltes Heidekraut, aber er war ohnehin völlig durchweicht.

Jetzt erinnerte er sich an sein Handy. Eilig kramte er in seiner Jackentasche herum, erst in der rechten, dann in der linken. Entsetzt stöhnte er auf, als er ins Leere griff. Vermutlich hatte er es bei dem Sturz verloren. Resigniert schloss Daniel kurz die Augen und ermahnte sich selbst zur Ruhe.

Weil er davon ausging, eine Gehirnerschütterung zu haben, bewegte er sich nun ganz langsam und bedacht. Ein Blick den Berghang hinauf zeigte ihm, dass er mehrere Meter in die Tiefe gestürzt war. Berücksichtigte man die steinerne Felsplatte, auf der er lag, war es ein Wunder, dass er überhaupt noch lebte. Das hatte er vermutlich dem Ginsterbusch direkt neben ihm zu verdanken, denn viele der Äste waren geknickt und hatten seinen Sturz anscheinend abgemildert. Trotzdem war seine Lage vertrackt. Mit seinem verletzten Knöchel würde er kaum wieder den Berg hinauf steigen können. Niemand wusste, wo er war und selbst wenn seine Freunde erahnen würden, dass er noch einmal zum Storr-Plateau gefahren war – hier in diesem Tal würde ihn mit Sicherheit niemand vermuten. Außerdem lag es weitab vom Wanderpfad. Plötzlich erinnerte er sich an die Feuer, die er letzte Nacht gesehen hatte, und sah sich suchend um. Wo waren sie abgeblieben? Was hatte es damit auf sich? Waren diese real oder nur wirre Träume gewesen, verursacht durch Kälte und den Sturz? Sosehr Daniel auch darüber nachdachte, er kam zu keinem Ergebnis, und ihm dröhnte ohnehin der Kopf. Wie lange konnte er durchhalten, durchnässt und unterkühlt? Sein Rucksack war ebenfalls verschwunden, darin hätte er zumindest eine Wasserflasche und ein Sandwich gehabt. Noch einmal wagte er den Versuch aufzustehen. Mit zusammengebissenen Zähnen gelang es ihm, sich an einem Felsen in die Höhe zu ziehen. So lange er seinen linken Knöchel nicht belastete, war es einigermaßen auszuhalten. Doch schon von dieser geringen Anstrengung brach ihm der Schweiß aus und er spürte, wie sich sein Gesichtsfeld bedrohlich verengte.

Okay, ruhig bleiben, Daniel, sagte er sich selbst, atmete tief durch und betrachtete seine Umgebung erneut. Nicht weit von ihm entfernt floss ein kleines Rinnsal. Wenn der Durst zu groß wurde, konnte er notfalls dorthin kriechen. Ohne Essen würde er auch ein paar Tage aushalten. Mehr Sorgen machte ihm die Kälte, die jetzt schon in seinen Knochen steckte. Aber vielleicht würde ja heute die Sonne herauskommen, dann konnte er zumindest seine Jacke trocknen.

Diese Vorstellung verlieh im neuen Mut, und so rieb er die Hände aneinander, steckte sie unter die Achseln und versuchte, positiv zu denken.

Stück für Stück kroch die Helligkeit über den Rand des Tales, und als die Sonne im Osten aufging, verbreitete sie ein derart intensives Licht, dass Daniel die Augen schließen musste.

»Was ist mit dir?«, ertönte auf einmal eine weibliche Stimme.

»Was? Wie?« Daniel blinzelte, konnte nur einen schemenhaften Umriss erkennen. »Gott sei Dank! Können Sie bitte einen Krankenwagen – oder besser noch, einen Hubschrauber, rufen? Ich habe mir den Knöchel gebrochen und kann nicht aufstehen.«

»Welchem Gott dankst du? Und wen soll ich rufen?« Die Frauenstimme klang verwundert, und als sie sich nun über ihn beugte, sah Daniel nur eine Flut hüftlanger blonder Haare, die ihr vors Gesicht fielen. In dem gleißenden Licht der ersten Sonnenstrahlen konnte er ihr Gesicht noch immer nicht richtig erkennen. Sachte streichelte sie mit ihrer Hand über seine Stirn, woraufhin er instinktiv zurückzuckte. Doch zu seiner Überraschung spürte er nach einem kurzen Stechen auf einmal nur noch Wärme.

»Du bist verletzt«, sagte die Frau voller Mitleid.

»Ich bin abgestürzt«, murmelte Daniel, denn auf einmal floss eine bleierne Müdigkeit durch seinen gesamten Körper.

»Ich bin Ellisán.« Eine Wolke schob sich vor die Sonne und nun blickte Daniel in das faszinierendste Gesicht, das er jemals gesehen hatte. Ebenmäßig waren ihre Gesichtszüge, die Haut hell und glatt, ihre Augen spiegelten das tiefste Blau des Meeres wider und ihre wohlgeformte, zierliche Nase fügte sich ebenso vollendet in ihr Gesicht, wie die herzförmigen Lippen.

Perfekt! Diese Frau ist einfach perfekt, schoss es ihm durch den Kopf.

Ihre zarten Finger strichen über seine Wange. »Was bist du?«, fragte sie verwundert. »Für einen Troll bist du nicht groß und kräftig genug.«

»Troll?« Daniel hatte das Gefühl, er würde Stunden benötigen, um dieses simple und kurze Wort über die Lippen zu bringen. Was hatte das alles zu bedeuten?

Zu gern hätte Daniel noch etwas gefragt, aber die

Gedanken in seinem Kopf fuhren Karussell und auf einmal sah er alles verschwommen.

Die Sonne schien ihm warm ins Gesicht, als er aufwachte.

»Was für ein verrückter Traum«, murmelte er. Dieses hübsche junge Mädchen musste Einbildung gewesen sein. Der Absturz hingegen nicht, wie seine schmutzstarrende Hose eindeutig bewies. Ein tiefes Seufzen entstieg Daniels Kehle, doch wenn er es sich recht überlegte, war ihm gar nicht mehr kalt. Vermutlich lag das an der Sonne, die auf ihn herab schien. Zu seiner Verwunderung spürte er jedoch auch keine Schmerzen mehr, wenn er seinen Fuß bewegte. Er rätselte noch immer über dieses Phänomen, als ein blonder Haarschopf hinter dem nächsten Hügel auftauchte.

»Ich habe dir Wasser gebracht, sicher wirst du durstig sein.« Das blonde Mädchen lächelte einnehmend und hielt ihm einen ausgehöhlten Stein hin, in dem klares Wasser kleine Wellen schlug.

»Ellisán?«, keuchte er, woraufhin sie fröhlich nickte.

»Das ist mein Name. Deinen hast du mir jedoch noch nicht verraten.« Sie legte den Kopf schief. »Und auch nicht, welcher Rasse du angehörst. Sag, stammst du vom Land jenseits der Meerenge?«

»Rasse? Meerenge? Ich verstehe nicht.«

»Na, ich gehöre dem Volk der *Siabhrach* an«, erklärte sie, als wäre das das Selbstverständlichste der Welt. Anschließend seufzte sie tief. »Ich bin noch zu jung und darf unser Tal nicht verlassen, aber meine Schwester erzählte mir, jenseits der Meerenge sei das Land noch sehr viel größer als unsere gesamte Insel, wenngleich ich mir das gar nicht vorzustellen vermag, denn allein die Berge der Riesen sollen schon gigantisch sein.«

»Riesen, *Siabhrach*? Sag mal, was erzählst du da eigentlich?« Sosehr ihm die junge Frau gefallen hatte, jetzt war er sich sicher, sie tickte nicht ganz richtig. Doch Ellisán wirkte nicht minder verwirrt als er selbst und ihre glatte Stirn runzelte sich besorgt.

»Ich dachte, ich hätte dich geheilt. Aber möglicherweise habe ich den Zauber an deinem Kopf nicht richtig ausgeführt.« Schon streckte sich ihre schlanke Hand nach ihm aus, aber er schob sie ungeduldig beiseite.

»Wie – du hast mich geheilt?«

»Spürst du denn nicht, dass deine Schmerzen verschwunden sind?« Erschrocken riss Ellisán ihre großen meerblauen Augen auf. »Am Ende hat Darelia doch recht und ich konzentriere mich in ihrem Unterricht nicht genügend. Aber es ist einfach so hübsch, den Wasserelfen zuzusehen.«

»Oh, mein Gott, entweder träume ich immer noch oder ich verliere gerade den Verstand«, stöhnte Daniel, doch dann stockte er, denn schon vorher war ihm aufgefallen, dass er seinen Fuß problemlos bewegen konnte. Er prüfte seinen Knöchel erneut, erhob sich vorsichtig und starrte Ellisán dann an.

Die junge Frau hingegen strahlte.

»Also ist der Zauber doch gelungen«, freute sie sich.

»Zauber? Verdammt, was ist denn hier los? Wo in

aller Welt bin ich?«

»Im *Gleann na Siabhrach*, was denkst du denn?«

Ehe Daniel antworten konnte, sprang plötzlich etwas den Berghang hinab. Zunächst konnte er nur wirbelnde rotblonde Haare erkennen, dann stand eine schlanke, in enge, hellbraune Hosen und ein langes, dunkelgrünes Hemd gekleidete Frau vor ihm. Sie strich sich die wilde Mähne aus dem Gesicht – ein ausgesprochen wütendes, wenn auch anmutiges Gesicht.

»Ellisán, was im Namen des Windes hast du mit diesem …« Ihr Mund, ähnlich wohl geformt wie der Ellisáns, verzog sich zu einem Strich, und sie klang ausgesprochen aufgebracht, »… *Menschen* zu tun?«

Ellisán taumelte zurück, Entsetzen zeichnete sich auf ihren lieblichen Zügen ab. Jetzt, wo Daniel die beiden nebeneinander stehen sah, fiel ihm eine gewisse Ähnlichkeit zwischen ihnen auf. Beide waren beinahe gleich groß, hatten schmale Gesichter mit feinen Zügen und waren von schlanker Statur. Doch die andere Frau erschien Daniel deutlich wilder, ihre Miene war zornig, die grünen Augen funkelten kalt.

Von der rechten Schläfe bis zur zierlichen Nase zog sich eine dünne Narbe. Jetzt fielen Daniel auch der Dolch und die lederne Schwertscheide an ihrem Gürtel auf.

»Er … er … ist ein Mensch?«, stieß Ellisán hervor.

»Natürlich ist er das«, fauchte die andere. »Sieh nur die Haare in seinem Gesicht, seine grobe Statur und …«

»Aber in dem Buch, das Darelia mir gezeigt hat, sah der menschliche Mann anders aus«, jammerte Ellisán. »Er trug einen langen Bart, war viel kleiner, außerdem …«

»Dann hat Darelia dir ein altes Buch gezeigt, Schwester. Heute haben die Menschen eine andere Erscheinung.« Die Rothaarige schüttelte den Kopf. »Wir müssen es Vater sagen.«

»Wirklich?« Dieser Gedanke schien der Jüngeren nicht zu behagen, denn sie biss sich auf die Lippe und senkte den Blick. »Aber wir könnten ihn doch einfach zurück über die Grenze bringen und wenn du ihn mit einem Vergessenszauber belegst, Ravira …«

»Du weißt, dass das nicht geht«, schnappte die Rothaarige, dann war ein lautes Grollen, wie von einem Gewitter oder eher einer Lawine zu vernehmen. Beide junge Frauen rissen die Augen weit auf, sahen erst sich und dann Daniel an. »Es hat bereits begonnen«, flüsterte Ravira.

Kapitel 4

»Könnte mir endlich mal jemand erklären, was hier los ist?«, fragte Daniel, denn die beiden blickten nun voller Entsetzen den Berg hinauf.

»Trolle, *Schi…weißderGeierwas*, irgendetwas soll begonnen haben – ich verstehe nur Bahnhof!«

»Bahnhof?«, wiederholte Ravira mit einer eigenartigen Betonung, dann runzelte sie die Stirn. »Menschenwerk«, spie sie aus. Anschließend zog sie ihre feinen dunklen Augenbrauen zusammen. »Du hast die Grenze zum Feenreich überquert, Mensch.«

»Feenreich?« Verwirrt blinzelte er sie an. Daniel glaubte sich plötzlich in einer Erzählung von Großonkel Alaisdair gefangen. Spielte ihm hier irgendjemand einen üblen Streich?

»*Siabhrach;* das bedeutet Feen in unserer Sprache!«

»Oh«, stieß er hervor. Völlig verdattert betrachtete er die beiden Frauen. Gewiss, ihr außergewöhnliches Aussehen sprach durchaus dafür, dass sie einem Feenreich entstammten, andererseits war ihm eine solche

Vorstellung fremd und er glaubte nicht wirklich daran. »Und selbst wenn es eine solche Grenze gäbe, so habe ich sie nicht absichtlich überquert!«, ereiferte er sich. »Ich bin abgestürzt und ...«

»Das tut nichts zur Sache. Wir müssen dich nach Süden bringen.« Ravira zog ein kurzes, schlankes Schwert, in dessen Parierstange Blüten und Ranken eingraviert waren. »Beweg dich.«

»Und was soll ich bitte im Süden?«

»Wir schaffen dich zu unserem Vater«, entgegnete Ravira knapp, und schon piekste sie ihn mit der Schwertspitze in die Rippen, woraufhin Daniel sich widerstrebend in Bewegung setzte.

»Müssen wir ihn wirklich zu den Bergen führen?«, hörte Daniel Ellisán flüstern und er kam nicht umhin, ihren bestürzten Gesichtsausdruck zu bemerken.

»Es gibt keinen anderen Weg.« Die rothaarige Fee kniff den Mund zusammen, während ihre Schwester den Kopf senkte.

Was mochte der Vater der beiden mit ihm vorhaben? Auf ihrem strammen Marsch den Berg hinauf und anschließend über die Hochebene oberhalb des Storr-Plateaus hinweg, versuchte Daniel, mehr aus den Geschwistern herauszubekommen. Doch zum einen reagierte Ravira kaum, zum anderen konnte er mit dem Tempo der beiden nur schwer mithalten. Während die Feen mühelos über das raue Gelände liefen, stolperte Daniel ständig über im Heidekraut verborgene Steine, trat in Matschlöcher und keuchte schon nach einer halben Stunde wie eine Lokomotive. Wiederholt zog Ravira eine Augenbraue hoch und auch wenn sie nichts sagte, so wusste er doch, dass sie ihn insgeheim verachtete. Ellisán hingegen betrachtete ihn jedes Mal mitleidig, sobald sich ihre Blicke trafen. Er würde sich wohl an die blonde Fee halten müssen, wenn er aus dieser unglaublichen Sache, die er noch immer für einen schlechten Scherz hielt, heil herauskommen wollte. Ellisán machte einen sehr viel umgänglicheren Eindruck als ihre kriegerische Schwester.

Den ganzen Tag lang wanderten sie, legten kaum eine Rast ein. Die Farben wirkten auf ihn hier sehr viel intensiver, er erkannte winzige Wesen, die umher flogen, größer als Schmetterlinge, von durchsichtiger Erscheinung. Hin und wieder ertappte er sich dabei zu glauben, tatsächlich im Feenreich gelandet zu sein.

Als sie in der Dämmerung endlich im Schutze eines Hügels anhielten, fühlte sich Daniel so erschöpft wie noch niemals in seinem Leben. An Ort und Stelle ließ er sich einfach ins Heidekraut plumpsen.

Ravira baute sich vor ihm auf, reichte ihrer Schwester ihr Schwert und stemmte anschließend die Hände in die schlanken Hüften. »Ich hole Wasser, wage ja nicht zu fliehen! Du würdest nicht weit kommen«, drohte sie. »Meine Schwester ist noch jung, aber eine Meisterin mit der Klinge.«

»Würde ich niemals wagen«, stöhnte Daniel.

»Lass ihn meine Klinge spüren, falls er es dennoch versucht«, verlangte Ravira von ihrer Schwester. »Aber töte ihn nicht.«

Ellisán nickte betreten und Ravira verschwand geschmeidig wie ein Reh zwischen den Hügeln.

Wenngleich sich Daniel tatsächlich kaum noch rühren konnte, musste er die Gunst der Stunde nutzen.

Ellisán bemühte sich zwar sichtlich um ein grimmiges Gesicht, aber er erkannte wieder dieses Mitleid in ihren blauen Augen.

»Ellisán. Möchtest du mich nicht gehen lassen?«

Entschieden schüttelte sie den Kopf, umklammerte das Schwert ihrer Schwester und richtete es mit zitternden Händen auf Daniel.

»Was habt ihr denn eigentlich mit mir vor? Weshalb bringt ihr mich zu eurem Vater?«

»Er ist der Herrscher über diese Insel«, erklärte Ellisán mit dünner Stimme.

Langsam erhob sich Daniel, trat zu der jungen Fee, die zunächst drohend das Schwert in seine Richtung hielt, aber als er einen Schritt zur Seite machte, neben sie trat und sie sanft am Arm berührte, senkte sie die Klinge.

»Du willst mich nicht töten, das weiß ich.«

Ellisán schluckte schwer und plötzlich rannen Tränen ihre Wangen hinab. »Ich könnte es nicht ertragen, wenn du geopfert wirst«, flüsterte sie.

»Geopfert?«, entsetzt wich Daniel zurück, und nun

blickte sich Ellisán hektisch um.

»Du musst versuchen, den Schleier zwischen unserer und deiner Welt irgendwie zu durchdringen«, stieß sie hervor. »Ich weiß nicht wie und wo dir das gelingen wird, aber du musst es wagen. Lauf davon, bevor Ravira zurück ist. Schnell, Daniel!«

In seinem Kopf wirbelte alles wild durcheinander, und auch wenn er noch viele Fragen hatte, war im klar, er musste sich beeilen. Hatte er das Ganze bis eben noch für einen schlechten Scherz gehalten, so belehrte ihn die Dringlichkeit in Ellisáns Stimme nun eines Besseren.

»Danke, Ellisán.« Er drückte der blonden Fee einen Kuss auf die Wange, woraufhin sie die Augen aufriss, aber nur eine Sekunde später sein Gesicht streichelte und ihn küsste. Sanft berührten ihre Lippen die seinen und er spürte ein Kribbeln am ganzen Körper, ja er hatte sogar das Gefühl, die Zeit würde stillstehen. Er wollte hier bleiben, bei Ellisán, für den Rest seines Lebens. Mit einem Mal fühlte er sich beschwingt und benebelt zugleich, doch da stieß ihn Ellisán von sich.

»Das darf nicht sein!«, rief sie aus.

»Nein, ich will hier bleiben, bei dir«, flüsterte er, konnte kaum noch klar denken und wankte auf sie zu.

»Das ist unser Zauber, die Ältesten haben mich gewarnt«, rief Ellisán aus und wich nun zurück. »Ihr Menschen könnt ihm kaum widerstehen. Geh, Daniel, sonst musst du sterben.«

Er glaubte, in ihren blauen Augen versinken zu müssen, und selbst die Aussicht, den Tod zu finden, schreckte ihn nun nicht mehr.

»In Namen des Windes, was habe ich nur getan?«, jammerte Ellisán, hob das Schwert, schloss kurz die Augen und stach ihn mit der Spitze in die Schulter.

»Du musst verschwinden!«

»Nein, Ellisán, ich bleibe bei dir!« Er fühlte sich wie betrunken, beschwingt und die ohnehin so ganz anderen, intensiven Farben des Feenreiches wirbelten um ihn herum.

»Verzeih, Daniel.« Ellisán hob die Klinge, wie in Trance verfolgte Daniel, wie die Schneide auf seinen Arm zu sauste. Er kam nicht einmal auf den Gedanken, auszuweichen, sondern kam erst zu sich, als er einen scharfen Schmerz spürte. Noch immer benebelt verfolgte er wie sich sein Unterarm rot färbte. Blut tropfte auf das Heidekraut und mit einem Mal konnte er wieder klar denken.

»Hast du sie nicht alle?«, schrie er Ellisán an, presste eine Hand auf seinen Arm und torkelte zurück.

»Nur so kann ich den Zauber meines Kusses brechen. Geh jetzt«, flüsterte sie nur, Tränen tropften ins Gras und sie drehte sich um.

Daniel tat das einzig Vernünftige. Er nahm die Beine in die Hand und rannte. Nur fort von hier, fort von diesen irren Feen, die sich völlig absurd verhielten. Natürlich wusste er nicht, wo er hin sollte, entschloss sich dann aber dazu, in Richtung Meer zu fliehen. Dort verlief irgendwo die Straße und vielleicht konnte er so in seine Welt gelangen. Noch war ein Streifen Helligkeit im Westen zu erkennen. Daniel rannte, bis seine Lungen brannten, bemühte sich, einen sicheren Pfad zu finden und nicht zu stürzen. Hoffentlich verfolgte ihn nicht die biestige Rothaarige.

In regelmäßigen Abständen vernahm er ein Grollen aus Süden, wusste jedoch nicht, was das zu bedeuten hatte. Aus dem Augenwinkel heraus glaubte er ständig, Schatten zu sehen, fühlte sich verfolgt. Er verfluchte die hereinbrechende Dunkelheit, denn bald würde er sehr viel langsamer vorankommen und eine böse Ahnung beschlich ihn, dass die Feen mit der Nacht sehr viel besser zurechtkommen würden. Als er kurz innehielt pochte sein Herz schmerzhaft gegen die Rippen. Vor ihm tat sich ein Geröllfeld auf, hinter dem sich eine Felswand erhob. Hektisch blickte er sich um, wollte gerade in Richtung des letzten Streifens Helligkeit weiterhasten, als sich unmittelbar vor ihm eine Gestalt aufrichtete. Nein, es war nicht nur eine, sondern gleich mehrere. Wo sie so plötzlich herkamen, konnte er nicht sagen. Sie reichten ihm gerade einmal bis zur Schulter, derbe Haut, die sehr an das Gestein erinnerte, spannte sich um kräftige Oberarme, und spitze Reißzähne blitzten Daniel aus breiten, haarigen Gesichtern entgegen. So als würden sie direkt aus dem Boden wachsen, wurden mehr und mehr von ihnen sichtbar. Selbst hinter ihm hatten sich diese Wesen nun manifestiert. Daniel war eingekreist.

Drohend kamen die Kreaturen näher, stumm, nur die Reißzähne gebleckt. Die mächtigen Pranken mit nur vier Fingern, aus denen spitze Krallen ragten, streckten sich ihm entgegen.

»Ich … tue euch nichts …«, stammelte Daniel. Doch sein unbeholfener Beschwichtigungsversuch hatte nur zur Folge, dass die seltsamen Wesen leise zu knurren begannen.

Panisch drehte er sich von einer Seite auf die andere, ein Schweißtropfen rann seine Stirn hinab. Was sollte er nur tun?

Der Kreis um Daniel schloss sich unaufhaltsam, und er konnte nicht fassen, wo er da hineingeraten war.

Kapitel 5

»Daniel ist die ganze Nacht nicht nach Hause gekommen! Sein Auto stand nicht unterhalb der Berge und ...« Carol beobachtete, wie Daniels Freundin unruhig im Wohnzimmer auf und ab schritt.

»Das ist doch eigentlich ein gutes Zeichen«, versuchte Carol Rachel zu beschwichtigen. Mittlerweile machte sich auch Carol wirklich Sorgen, auch wenn sie sich nun bemühte, diese herunterzuspielen.

»Zumindest können wir so sicher sein, dass ihm oben auf den Tafelbergen nichts passiert ist. Tom hat versprochen, noch einmal die Strecke bis hierher abzufahren und unterwegs die Augen offenzuhalten.« Beruhigend legte Carol Rachel eine Hand auf die Schulter. »Vielleicht ist Daniel irgendwo in einem Pub versumpft und hat dort die Nacht verbracht.«

»Dann kann er aber was erleben«, schimpfte Rachel.

Die Tür öffnete sich, der alte Alaisdair kam herein geschlurft und stellte sich ans Fenster. »Etwas geht vor sich«, murmelte er und schob den Vorhang ein Stück zur Seite. »Spürt ihr es? Dieses Vibrieren. Es ist als würde sich das Feenreich ...«

»Onkel Alaisdair«, unterbrach Carol ungeduldig. »Bitte heute keine Feengeschichten, wir haben wirklich andere Probleme.«

Daniel hatte immer daran geglaubt, dass das Leben noch einmal vor seinem geistigen Auge vorbeiziehen würde, wenn einem das letzte Stündlein schlug, doch nichts dergleichen geschah. Starr vor Entsetzen beobachtete er, wie sich nadelspitze Klauen nach ihm ausstreckten, schon hörte er ein gieriges Keuchen im Nacken, spannte sich an und schloss die Augen.

»Im Namen der *Siabhrach*!,«, gellte ein Schrei durch das Tal.

Daniel öffnete die Augenlider. Die seltsamen Wesen hatten sich von ihm abgewandt und nun erkannte er im schwindenden Abendlicht zwei Gestalten, die mit wirbelnden Klingen zwischen die grauen Wesen fuhren. Das lange rote Haar musste zu Ravira gehören, doch es war nicht Ellisán, die an ihrer Seite kämpfte, sondern ein Feenkrieger mit glattem schwarzem Haar, das er zu einem langen Pferdeschwanz gebunden trug. Innerhalb weniger Lidschläge hatten sie fünf der fünfzehn Wesen niedergestreckt, die anderen suchten auf krummen Beinen das Weite oder verschmolzen mit dem Fels.

Da stand auch schon Ravira vor ihm, schwer atmend, und verpasste ihm eine schallende Ohrfeige.

»Was soll das denn?«, fuhr er sie an und rieb sich die Wange. Diese zarte junge Frau hatte eine enorme Schlagkraft. »Erst rettest du mich vor diesen Dingern und jetzt …«

»Das waren Steintrolle«, fauchte Ravira. »Sie sind Diener der Riesen und wollten mit deinem vorzeitigen Tod, der nicht einer rituellen Opferung entspricht, einen Krieg zwischen uns und ihrem Herrn provozieren.«

Daniel fuhr sich über seine brennende Wange. »Dann hast du mich nur gerettet, um mich selbst zu opfern. Herzlichen Dank!«

Ravira schnaubte lediglich, während ihr Begleiter neben sie trat und Daniel stumm und mit unbewegter Miene musterte. Sein Gesicht zeigte jenen den Feen eigenen anmutigen Ausdruck, doch erkannte man klar männliche, etwas kantigere Züge. Auch seine Statur war kräftiger als die Raviras oder die noch zerbrechlichere von Ellisán. Genau in diesem Augenblick schälte sich die junge Fee aus der Dunkelheit.

»Es tut mir leid, Ravira, aber ich konnte ihn nicht sterben lassen.«

»Er muss sterben«, fauchte Ravira. »Sonst wird unser Volk am Ende vernichtet. Willst du das etwa?« Sie schüttelte ihre Schwester an der Schulter.

»Ich mag ihn.« Ellisán, dieses bezaubernde Mädchen, senkte ihre Augenlider mit den langen Wimpern.

Ravira streichelte ihrer Schwester über den Kopf, dabei bekam ihre harte Stimme einen erstaunlich sanften Klang. »Wir Feen, besonders die jungen, neigen dazu, uns für die menschliche Rasse zu begeistern. Sie ist so andersartig, erscheint uns schutzbedürftig und manche von uns …« Sie fügte etwas in einer anderen, melodisch klingenden Sprache hinzu und beobachtete Ellisán dann genau.

Die junge Fee biss sich auf die Lippe, schloss kurz die Augen und hob anschließend unsicher die Schultern. Eine Antwort blieb sie Ravira schuldig. Was das für Daniel zu bedeuten hatte, blieb abzuwarten.

»Wir rasten hier und brechen im Morgengrauen auf«, ergriff der Feenkrieger das Wort.

»Und diese … seltsamen Dinger, die gerade aus den Steinen gekommen sind?«

»Das waren Steintrolle«, wiederholte Ravira ungehalten.

»Und wo kamen die so plötzlich her?«

»Dein Blut hat sie angelockt«, erklärte Ellisán unglücklich. »Als ich durch meinen Schwertstreich meinen Feenzauber gelöst habe, ist dein Blut mit der Erde und dem Fels unter dir verschmolzen. Das hat die Steintrolle angelockt. Sie waren in alten Tagen mit den Riesen verbündet und liegen schon seit geraumer Zeit mit uns Feen im Streit, musst du wissen.«

Beiläufig bemerkte Daniel, wie sich Ravira über ihre Narbe strich und er fragte sich, ob sie die von einem Kampf mit einem Steintroll davongetragen hatte.

»Als die Riesen den Krieg verloren, zogen sich auch die Steintrolle zurück. Aber wir glauben, sie wollen einen neuen Kampf zwischen uns und den Riesenbrüdern heraufbeschwören. Wenn du stirbst, bevor du, wie es das alte Ritual verlangt, von uns Feen geopfert wirst, werden die Riesen sehr zornig sein und einen Grund haben, sich erneut gegen uns und auch das Menschenreich, deine Welt also, zu erheben. Ravira und Tarahil haben sie verjagt.«

Dieser große, schweigsame Krieger hieß also Tarahil. Für Daniel war das alles noch immer absurd und in keinem Fall wollte er als Opfer für irgendwelche Riesen enden.

»Wir halten abwechselnd Wache«, bestimmte Ravira, »deine Flucht wäre ohnehin sinnlos gewesen. Ohne die Hilfe von einem der unseren könntest du die Grenze niemals überqueren.«

Daniels Stimmung sank auf den Nullpunkt.

Andererseits war es auch durchaus möglich, dass Ravira ihn anlog, damit er keinen weiteren Fluchtversuch wagte, und genau daran versuchte er sich zu klammern. Doch mit nun drei Bewachern war das ohnehin so gut wie ausgeschlossen und Tarahil war sicher nicht weniger entschlossen, ihn zu den Riesen zu bringen, als Ravira. An einem dicken Felsblock ließen sie sich nieder. Ravira und Tarahil unterhielten sich noch kurz in ihrer Sprache, bevor die Rothaarige die Augen schloss.

Die Chance zur Flucht war für heute vertan, aber dennoch brachte Daniel kein Auge zu, auch wenn er wusste, er würde seine Kraft noch benötigen, wenn es ihm gelingen sollte, von hier zu verschwinden.

Noch bevor das erste Licht richtig über den Rand der Welt gekrochen war, sprangen die Feen auf die Füße, gaben Daniel einen Lederbeutel mit Wasser zu trinken, dann ging es in dem gleichen zügigen Tempo voran, wie am Tage zuvor.

Polizei und Bergwacht waren eingeschaltet und in

dem kleinen Cottage in Roskhill herrschte düstere Stimmung. Wo in aller Welt war Daniel abgeblieben? Rachels verheulte Augen wanderten ständig zu ihrem Handy, aber von Daniel war noch immer keine Nachricht gekommen. Auch wenn Carol Rachel nicht sonderlich mochte, tat sie ihr inzwischen leid.

»Vater, nun hör doch bitte auf und zieh deine Sachen aus!«, vernahmen sie die gereizte Stimme von Carols Großtante aus der Küche. Urgroßonkel Alaisdair brabbelte schon seit gestern ständig etwas von Gefahr, Riesen und dem Feenreich vor sich hin und wollte partout mit Stock und Rucksack aus dem Haus gehen.

»Die Riesenbrüder, sie erheben sich!«, krächzte der alte Mann schon wieder. »Wer weiß, ob nicht Daniel damit zu tun hat!«

»Ich mache dir jetzt einen Beruhigungstee und dann bringe ich dich hoch in dein Zimmer. Am besten legst du dich etwas hin«, drängte Carols Großtante. Das Geräusch einer sich schließenden Tür und sich entfernende Schritte wurden hörbar.

Selbst wenn es wohl sinnlos war, diskutierten sie, ob sie noch einmal mit dem Auto losfahren und nach Daniel suchen sollten. Aber diese Untätigkeit machte einfach alle wahnsinnig.

Drohend erhoben sich die kahlen, von Nebel umhüllten Berge der Cuillins vor ihnen. Ein beständiges leichtes Vibrieren begleitete Daniels Weg. Die beiden Feenschwestern und ihr schweigsamer Kriegerfreund führten ihn unaufhaltsam auf das Bergmassiv zu. Noch immer überlegte Daniel fieberhaft, wie er fliehen sollte, da erkannte er mit einem Mal, unwirklich und wie von Nebel verhüllt, eine Straße und ein paar Häuser. Ruckartig blieb er stehen.

»Du kannst den Schleier nicht ohne unsere Hilfe durchbrechen, Mensch«, herrschte Ravira ihn sogleich an und er ließ seine Schultern hängen. Trotzdem faszinierte ihn diese Trennung der Welten. Immer wenn sich dieser Schleier ein wenig lüftete, erkannte er die Straßen und Häuser seiner Welt. Doch die sahen unwirklich aus, waren wie hinter flimmernder Hitze verborgen, und wenn er auch nur einen Schritt darauf zu tat, verschwand alles. Vermutlich hatte Ravira recht, er konnte nicht hindurch brechen. Ellisán schaute sich ebenfalls staunend um, was wohl daran lag dass sie, wie sie erwähnt hatte, noch nie aus ihrem Tal herausgekommen war. Ravira hingegen wanderte zielstrebig durch Heidekraut und Moorland, nur hin und wieder traf Daniel ein heimlicher Blick von ihr.

»Was werden die Riesen mit mir tun?«, fragte Daniel während einer kurzen Pause an einem türkis schimmernden See, über dem Libellen tanzten.

»Im Namen des Feenreichs hoffe ich, wir erreichen die Berge, bevor sich die beiden Riesenbrüder vollständig erhoben haben, denn sonst werden wir alle vernichtet«, antwortete Ravira düster.

»Und was habt ihr mit mir vor?«

Raviras katzenhafter Blick wanderte über ihn. »Dein Blutopfer soll die Riesen besänftigen, auf dass sie erneut in einen tiefen Schlaf fallen.«

»Ist mein Blut so wertvoll?«, erkundigte sich Daniel mit Galgenhumor.

»Spürst du nicht das Beben? Die Riesen machen sich bereit, haben bemerkt, dass jemand die Grenze übertreten hat, der nicht dazu bestimmt war. Aus den Tiefen der Bergwelt werden sie hervorbrechen, zunächst nur im Feenreich, in ihrer ätherischen Form, aber wenn es uns nicht gelingt, sie zu besänftigen, nehmen sie feste Gestalt an. Früher oder später wird auch deine Welt zerstört werden. Die Berge der Cuillins werden zerbersten und alles, was sich dort aufhält, ob Mensch oder Tier, wird vernichtet. Dubh und Dearga wollen keine Menschen mehr in unserem Reich und wer ungefragt die Grenze überschreitet, muss geopfert werden – dies ist ein unumstößliches Gesetz.«

»Ich habe die Grenze nicht mit Absicht übertreten«, versicherte Daniel. »Ich bin abgestürzt und …«

»Du hättest den Feenfeuern nicht folgen dürfen.«

»Und woher sollte ich bitte wissen, dass das verboten ist?«

Abfällig schnaubte Ravira. »Ihr habt verlernt, den Legenden zu lauschen, aufgehört, auf die Warnungen der Elemente zu hören. Wind, Regen und Nebel wollten dich aufhalten, das haben mir die Steine geflüstert. Doch du musstest weiter den Berg hinaufsteigen.« Sie machte einen Schritt auf ihn zu, bohrte ihren Finger schmerzhaft in seine Rippen. »Du bist dumm, dümmer als ein Kind.«

»Ravira«, er fasste sie am Arm, woraufhin sie blitzartig ihren Dolch in der Hand hielt und an seine Kehle legte. Rasch ließ er sie los, trat einen Schritt zurück. »Entschuldige, aber sag, gibt es keinen anderen Weg als mich zu opfern?«

»Nein.« Mit einer geschmeidigen Bewegung steckte sie den Dolch zurück in ihren Hosenbund. »Unser Vater muss dich spätestens am dritten Tage, nachdem du die Grenze überquert hast, am Fuße der Cuillins hinrichten. Ein Stich ins Herz. Du wirst nicht lange leiden müssen.«

»Toll, dann habe ich ja noch einen ganzen Tag zu leben.« Hilfesuchend sah Daniel zu Ellisán hinüber, aber die blonde Fee senkte rasch ihre langen Wimpern.

Während ihres Weitermarsches bemühte sich

Daniel, in Ellisáns Nähe zu gelangen, doch der Feenkrieger schirmte die junge Fee vor ihm ab und so blieb ihm nur die unnahbare Ravira. Irgendwie musste es ihm gelingen, sie von dieser irrsinnigen Opferung abzubringen.

»Ravira, ich weiß die alten Legenden dieses Landes durchaus zu schätzen«, bemühte er sich, ihre Gunst zu gewinnen, doch die rothaarige Kriegerin schnaubte nur verächtlich.

»Du vermagst mich nicht zu täuschen, Mensch.«

»Doch, es ist wahr. Der Großonkel meiner besten Freundin Carol hat von …«

»Schweig«, herrschte Ravira ihn an, piekste ihn mit ihrem Dolch in die Seite und drängte ihn vorwärts.

Gnadenlos marschierten die Feen auf die sich nähernde Silhouette der Bergkette zu. Aus der Ferne erkannte Daniel auch weitere Feenkrieger, die aus allen Richtungen auf die Berge zuhielten. Daniel glaubte seinen Augen nicht zu trauen, als winzige Wesen, kaum kniehoch mit bräunlicher Haut, zwischen den Steinen umher huschten.

Erschrocken griff er nach einem Stock, doch Ravira schlug ihn ihm aus der Hand.

»Das sind Gnome! Sie tun dir nichts«, erklärte sie knapp. »Auch sie fürchten, dass sich die Riesen erneut erheben.«

»Alles meinetwegen«, murmelte Daniel vor sich hin und verfluchte den Tag, an dem er zum Old Man of Storr zurückgekehrt war.

Je näher sie der Bergkette kamen, umso deutlicher wurde das Vibrieren unter Daniels Füßen spürbar. Zudem verdichtete sich der Nebel um die Bergspitzen der Cuillin Hills. Doch nachdem sie durch eine dichte Nebelwand hindurch in die ersten Ausläufer der Bergwelt eingetaucht waren, konnte er seine Umgebung wieder klarer erkennen. Anscheinend hatte sich die Nebelwand wie ein schützender Ring um das Berggebiet herumgelegt. Daniel erinnerte das alles an das Auge eines Sturmes. Entlang eines reißenden Bergbachs wanderten sie weiter. Mehr und mehr schweigsame, bewaffnete Feenkrieger und –kriegerinnen flankierten ihren Weg und starrten Daniel teils feindselig, teils emotionslos an. Der Aufstieg gestaltete sich anstrengend und im Gegensatz zu Ravira und Ellisán kam Daniel gehörig außer Atem. Schließlich hielten sie an einem Hochplateau an. Links von ihnen erstreckte sich ein nachtschwarzer Bergsee.

»Was geschieht jetzt?«, fragte Daniel mit belegter Stimme.

Ravira verschränkte die Arme vor der Brust und lehnte sich gegen einen Felsen. »Wir warten auf unseren Vater.«

»Es tut mir leid«, raunte Ellisán ihm zu, strich ihm noch einmal über die Wange, was dieses benommene und zugleich prickelnde Gefühl zurückbrachte. Aber sie ging rasch an ihm vorüber zu einer Gruppe von Feenkriegern, die mit besorgten Gesichtern in Richtung Süden blickten. Von dort erhob sich nun ein tiefes Grollen, Daniel glaubte, eine mächtige Gestalt zu erkennen, sphärisch, durchsichtig, doch sie begann sich zu verdichten.

»Dearga, der Rote, hat sich erhoben«, vernahm Daniel ein erschrockenes Raunen aus allen Richtungen.

Plötzlich teilten sich die Feen, sämtliche Gespräche verstummten. Ein Krieger, Daniel schätzte ihn auf zwei Meter, kam festen Schrittes herbei. Sein silberblondes Haar wehte im leichten Wind und gab sein schmales, anmutiges Gesicht frei. Am auffälligsten waren seine stechend blauen Augen, die Daniel sogleich erfassten. Die Wangenknochen stachen deutlich hervor und das energische Kinn trug er hoch erhoben. Ehrfurchtgebietend wirkte er auf Daniel, verströmte eine stumme Autorität, die sicher kein sterbliches Wesen in Frage stellen würde. Seine Kleidung dagegen empfand Daniel als unauffällig – hätte er doch prächtige golden und silbern funkelnde Gewänder erwartet. Stattdessen trug er helle Lederhosen, ein weites graues Hemd und einen gleichfarbigen Umhang, der hinter ihm her wehte. Dennoch wusste Daniel instinktiv – vor ihm stand der Herr der Feen.

»Vater.« Ravira verneigte sich vor ihm. »Dies ist Daniel, er drang unerlaubt in unser Tal ein.«

Der Herr der Feen sprach zunächst kein Wort, betrachtete ihn mit leicht schräg gelegtem Kopf.

»Ich bedauere es, ein solch junges Menschenleben beenden zu müssen. Dennoch führt kein Weg daran vorbei. Ich, Coinneach, Herr der Feen von der Insel des Nebels, verurteile dich zum Tode durch das Schwert.« Im gleichen Atemzug zog er eine schimmernde Klinge aus der Schwertscheide an seinem Gürtel hervor.

Coinneach!

Die Welt um Daniel schien stillzustehen.

Coinneach!

Wieder und wieder hallte dieser Name durch seinen Geist. Wie in einem Traum sah er die Klinge auf sich zukommen, starrte in dieses ernste, beherrschte und doch so anmutige Gesicht des Herrn der Feen.

»Coinneach! Ich bin ein Freund von Alaisdair MacGillivray«, schrie er, löste sich damit endlich aus seiner Trance.

Das Schwert raste auf ihn zu.

Zu spät, dachte Daniel und schloss seine Augen.

Kapitel 6

Der erwartete scharfe Schmerz blieb aus. Keine Schwertklinge drang in seine Brust, kein Blut spritzte aus seinem Körper, kein verzweifeltes Ringen um den letzten Atemzug. War es tatsächlich so leicht zu sterben? So einfach und schmerzfrei? Vielleicht ein Feenzauber, der ihm alles einfacher machte? Vorsichtig hob Daniel ein Augenlid. Einen knappen Zentimeter vor seiner Brust, genau auf Höhe des Herzens hatte Coinneach die Klinge abgestoppt.

Nun musterte ihn der Herr der Feen mit zusammengezogenen Augenbrauen. »Sprich!«

»Alaisdair hat von dir erzählt«, sprudelten die Worte regelrecht aus Daniels Mund. »Er hat mir auch von dem Opfer des ersten Alaisdair erzählt und dem Schutz, den allen MacGillivrays und deren Freunden durch die Feen zuteil werden soll.« Daniel lachte laut, beinahe schon hysterisch auf. »Ich bin der beste Freund von Carol MacGillivray!«

»Sprichst du die Wahrheit?« Scharf wie ein Messer

durchschnitt die Stimme des Herrn der Feen die kühle Luft. Ein erneutes Beben ließ den Erdboden erzittern, die Gestalt über den Bergen verdichtete sich nun zu einem Giganten, der gut und gerne an die hundert Meter hoch in den Himmel ragte. Ein Kopf wie ein gewaltiger Fels saß auf dem riesenhaften Oberkörper mit den breiten Schultern, aus denen wiederum Arme wuchsen, die alles zerquetschen konnten. Selbst der Mund erinnerte Daniel an eine breite Felsspalte.

Coinneach stellte sich direkt vor Daniel, legte ihm beide Hände an die Schläfen. Daniel wollte zurückweichen, doch der Herr der Feen hielt ihn gefangen. Kühl und sanft fühlten sich seine Hände an, und mit einem Mal wirbelten alle Gedanken wild durch Daniels Kopf. Sein gesamtes Leben zog innerhalb von Sekunden an ihm vorbei.

Sterbe ich jetzt doch?, fragte er sich.

Unvermittelt ließ ihn der Herr der Feen los, ein besorgter Ausdruck stand auf seinen edlen Zügen.

»Er spricht die Wahrheit!« Coinneach trat zurück und musterte Daniel verwundert. »Der alte Schwur muss eingehalten werden!«, rief er dann, wobei sein Blick rasch über die Versammelten glitt. Schließlich gab er den Feen ein Zeichen, die daraufhin geschlossen ihre Waffen zogen und in Richtung des Riesen marschierten. Diszipliniert in Reih und Glied, ihre Gesichter bar jeglicher Emotion. Lediglich die Augen von Coinneach spiegelten eine gewisse Unruhe wider.

Er legte seiner älteren Tochter eine Hand auf die Schulter. »Ravira, bring ihn zurück in unser Tal. Begleite ihn zu jener Stelle, an der er unsere Welt betreten hat. Der Mensch muss heimkehren!«

»Aber Vater, die Riesen – das Opfer«, wandte Ravira ein.

Ellisán hingegen fasste Daniel an der Hand, zog ihn ein paar Schritte fort. Ein erleichtertes Lächeln spielte um ihren Mund und nun küsste sie ihn sachte auf die Wange. Sofort breitete sich ein prickelndes Gefühl in seinem Inneren aus.

Ellisán – sie war das wunderbarste Geschöpf, das er in seinem ganzen bisherigen Leben getroffen hatte.

»Weshalb hast du ihn nicht zuvor befragt?«, vernahm Daniel Coinneachs aufgebrachte Stimme. Ravira warf einen geradezu ängstlichen Blick in Daniels Richtung und ließ, wie sie so vor ihrem Vater stand, den Kopf hängen.

Weil deine Tochter mich nicht hat ausreden lassen, beantwortete Daniel in Gedanken die Frage des Feenherrn. Er war wütend, doch irgendetwas in ihm scheute sich, Ravira zu verraten, und jetzt wandte er seine Aufmerksamkeit auch wieder Ellisán zu, die ihn mit ihren zarten, weichen Fingern berührte.

»Auch wenn ich heute den Tod finden sollte, freut es mein Herz, dass dein Leben bewahrt wurde«, sagte sie mit so viel Aufrichtigkeit in der Stimme, dass Daniel ganz seltsam zumute wurde.

»Ich möchte nicht, dass du stirbst«, presste er hervor. So sehr hatte er sich gewünscht, dieser Opferung zu entgehen, aber plötzlich fühlte es sich für ihn auch nicht richtig an, dass all diese Feen wegen seiner Dummheit geradewegs in ihr Verderben marschieren sollten.

In der Ferne erkannte er, wie sich Steintrolle aus

dem Fels lösten, Feenkrieger schwangen erbittert ihre Klingen und drängten die Wesen zurück. Die Gestalt des Riesen wurde immer deutlicher sichtbar.

»Vielleicht sehen wir uns eines Tages wieder. Wenn ich älter bin, kann ich den Schleier durchdringen«, sagte Ellisán sanft und die Aussicht auf ein Wiedersehen mit dieser bezaubernden Fee löste einen wahren Gefühlssturm in ihm aus und brachte sein Herz heftig zum Pochen. Aber da kamen ihr Vater und Ravira zu ihnen.

»Ellisán«, rügte Coinneach und riss sie von Daniel fort. »Du musst deinen Zauber unter Kontrolle halten!« Er blickte Daniel in die Augen. »Meine älteste Tochter bringt dich weg. Sie wird dich mit ihrem Leben beschützen! Wir werden unser Wort halten und den alten Pakt nicht brechen.«

Ravira fasste ihn an der Hand, zerrte ihn regelrecht mit sich, fort von den Feen, die sich seinetwegen bereits im Krieg befanden.

»Warte, Ravira, nicht!«, protestierte Daniel, wollte zurück gehen, versuchen, irgendetwas zu tun, selbst wenn er nicht wusste, wie er helfen sollte. *Ellisán, ich muss sie retten*, dachte er und dieser Gedanke waberte wie zäher Nebel durch seinen Kopf. Aber die Feenkriegerin ließ nicht locker, schien Bärenkräfte zu besitzen und so sehr er sich auch wand, sie zog ihn weiter.

In raschem Tempo eilten sie nun wieder den Weg zurück, den sie gekommen waren. Die rothaarige Fee sprach kein Wort, hastete nur verbissen voran und verlangte Daniels Kondition alles ab.

Zumindest verschwand dieses benebelte Gefühl in seinem Geist nach einer Weile.

Das Grollen aus Süden war ihr ständiger Begleiter und als ihn ein Beben von den Füßen riss, warf er doch einen Blick zurück, ohne auf Raviras drängenden Ruf zu achten. Eine weitere, riesenhafte Gestalt hatte sich erhoben, durch Nebelschwaden immer wieder verdeckt, aber dennoch stand sie dort. Mächtig, wie ein tödliches Versprechen für Feen und Menschen zugleich.

»Auch Dubh ist nun erwacht«, sagte Ravira und

starrte das gigantische Wesen voller Entsetzen an. Rasch jedoch hatte sie sich wieder unter Kontrolle und bedeutete Daniel mit einer Kopfbewegung ihr zu folgen.

»Was soll es denn bringen, wenn ich zurück in euer Tal gebracht werde?«, wollte Daniel wissen.

»Es hilft nicht, den Krieg im Feenreich zu verhindern«, gab Ravira traurig zu, »aber der Schwur muss gehalten werden. Ich geleite dich über die Grenze.«

So sehr Daniel es sich gewünscht hatte, dieses eigenartige Reich und die bedrohlichen Feen zu verlassen, jetzt plagte ihn ein schlechtes Gewissen. Seinetwegen zogen Coinneach, die bezaubernde Ellisán und die anderen in einen Krieg. Mit jeder Meile, die sie zurücklegten, verblasste zwar dieser Drang, zu Ellisán zurückzugehen, mehr und mehr, dennoch bedrückte ihn der Gedanken, sie könnte Steintrollen oder den unheimlichen Riesen zum Opfer fallen, doch sehr.

Sie hätten ja auch besser aufpassen und ihr Reich schützen können, redete sich Daniel ein. *Ich hätte ihnen ohnehin nicht helfen können und opfern möchte ich mich nun wirklich nicht.*

Weiter und weiter folgte er Ravira gen Norden, bemühte sich, nur daran zu denken, bald wieder in seiner Welt zu sein, in der Realität. Sicher würde er diese ganze verrückte Geschichte bald vergessen haben und sie bestenfalls für einen aberwitzigen Traum halten. Eine innere Stimme sagte ihm jedoch, dass das nicht so einfach werden würde.

Jedwedes Zeitgefühl war Daniel abhanden gekommen. Zudem hatte sich dichter Nebel über die Insel gesenkt und machte es sogar schwer, den Stand der Sonne zu schätzen. Sie hatten einen steilen Berg erklommen, befanden sich nun auf einer Hochebene. Vor ihnen erstreckte sich nackter Fels. Wieder rumorte ein heftiges Beben unter Daniels Füßen, das sowohl ihn als auch Ravira zusammenzucken ließ. Die Fee beschleunigte ihr Tempo noch einmal. Doch da tat sich urplötzlich ein breiter Spalt direkt vor ihr auf. Ein Schrei entwich ihrer Kehle und Daniel wurde von einem eisigen Schrecken erfasst, als eine graue Klaue nach Ravira griff und sie in die Tiefe riss. Das Schwert entglitt ihrer Hand, fiel klirrend zu Boden und verschwand in dem Felsspalt. Instinktiv hechtete Daniel vorwärts, bekam sie an einem Arm zu fassen. Mit der anderen Hand krallte Ravira sich am Rand der Abbruchkante fest.

Ein Steintroll zerrte an ihrem Fuß, das derbe Gesicht zu einer grinsenden Fratze verzerrt.

»Lass mich los, Daniel«, rief sie. »Rette dich, dann ist der Schwur erfüllt und der Ehre Genüge getan!«

»Nein.« Verbissen hielt er sie fest, packte sie auch mit der anderen Hand. Knurrend kroch auch noch ein zweiter Steintroll aus dem Spalt empor.

»Du musst zurück in unser Tal, genau an die Stelle, an der Ellisán dich gefunden hat«, stieß Ravira hektisch hervor, trat mit ihrem freien Fuß um sich, um den Steintroll daran zu hindern, zu Daniel zu gelangen. »Sprich die Worte: ***Ó thír na sióg, treoróidh mé thú siar le cuimhne na seacht sinsear abhaile arís*** und du kannst zurückkehren.«

»Nein!

»Du sollst meine Worte wiederholen!«, schrie Ravira, entglitt beinahe seiner Umklammerung und Daniel rutschte ein Stück näher an die bedrohliche Kluft heran.

»Ich will diese verfluchten Worte nicht wiederholen«, knurrte Daniel. Er konnte sich diese ungewohnten Laute ohnehin nicht merken, schon gar nicht in dieser Situation. Und so reagierte er instinktiv. Er packte mit links noch fester zu, ließ Raviras rechten Arm los und ergriff einen Stein. Diesen donnerte er auf den Kopf des Steintrolls, der auf ihn zu kletterte. Das Wesen kreischte auf und stürzte in die Tiefe. Ravira trat noch einmal um sich, klammerte sich mit einer Hand am Rand fest und unter Aufbietung seiner gesamten Kräfte gelang es Daniel, sie mitsamt des Steintrolls, der sich noch immer an das Bein der Fee krallte, auf sicheren Boden zu ziehen. Ravira zauderte nicht und riss ihren Dolch aus dem Gürtel. Mit einem Aufschrei versenkte sie ihn in dem Steintroll, woraufhin dessen Augen brachen und er mit dem Fels verschmolz.

Schwer atmend kniete sie vor ihm. Die roten Locken klebten ihr wirr im Gesicht. Mehrere Sekunden lang sah sie ihn einfach nur an.

»Weshalb hast du das getan?«, fragte sie. »Du hast dich in Gefahr gebracht, du Narr.«

»Ein *Danke* hätte genügt«, entgegnete Daniel kurz angebunden und erhob sich. Nun sprang Ravira auf die Füße und hielt ihn am Arm fest.

»Weshalb?« Dieses Mal klang ihre Stimme nicht so scharf und verächtlich wie sonst, sondern für ihre Verhältnisse geradezu sanft.

»Ich konnte mir diesen Spruch ohnehin nicht merken. Also ist es besser, du kommst mit mir«, behauptete er und stapfte auch schon los. »Komm, wir müssen weiter.«

Rasch hatte Ravira zu ihm aufgeholt, band sich mit einer beiläufigen Bewegung ihre lange Haarpracht zu einem Pferdeschwanz zusammen und musterte ihn aus ihren grünen Augen. »Du hast Tapferkeit bewiesen, Mensch.«

»Ich heiße Daniel.« Irgendetwas in ihrem Blick

hatte sich geändert. Er war nicht mehr kalt, berechnend, abschätzend. Stattdessen glaubte er, so etwas wie Anerkennung darin zu sehen.

»Ich danke dir. Du hast Mut gezeigt, Daniel, aus dem Reich der Menschen.«

»Schon gut.«

»Was bedeutet dieser Spruch eigentlich?«, wollte er nun doch wissen.

»Das sind geheime Worte, überliefert aus alter Zeit, als die Grenzen zwischen den Reichen noch offen waren. Er stammt von einem unserer Vorfahren aus Irland und bedeutet sinngemäß: *Aus dem Land der Feen geleite ich dich durch die Erinnerungen von sieben Ahnenreihen zurück nach Hause.«*

Diese Worte klangen fremd für Daniel und er begriff auch nicht was sie bedeuteten – zumindest nicht mit dem Verstand. Dennoch bewegten sie auf eigentümliche Weise etwas in seinem Inneren, es war, als würden sie seine Seele erreichen.

Langsam legte sich die Dämmerung über das Land. Unterwegs sammelte Ravira im Laufen einige Beeren und Kräuter, gab Daniel sogar wortlos davon ab und machte ihn auf eine Quelle aufmerksam, die aus dem Boden sprudelte. Dankbar stillte er dort seinen Durst und bemerkte dabei, wie sich Ravira nach Süden wandte und stumm in die Dämmerung starrte. Wie in Stein gemeißelt, anmutig, auf eine wilde Art schön, so wie dieses Land. Eine wahre Kriegerin.

»Bist du nicht durstig, Ravira?«

Sie zuckte zusammen, so als hätte er sie aus tiefen Grübeleien gerissen. Dann beugte sie sich hinab, hielt ihren Mund unter das klare Wasser und deutete anschließend zu einer Senke. »Lass uns dort rasten.«

»Ich bin müde, aber ich könnte noch ein Stück weiter.«

»Du wirst bald erschöpft sein und heute können wir unser Tal ohnehin nicht erreichen.« Ravira setzte sich auf den Boden und verschränkte die Arme.

»Was ist, wenn wieder diese Steintrolle auftauchen?«, wollte Daniel voller Unbehagen wissen. Die Nacht verschluckte die Umgebung zunehmend und selbst die Stille wirkte auf Daniel bedrohlich.

»Hier ist kein Fels und die Wasserelfen werden über uns wachen.«

»Was für …« Er verstummte, als sein Blick Raviras Finger folgte. Durchscheinende, kaum wahrnehmbare Wesenheiten, wie aus Nebel geboren, schwebten über der Quelle.

Daniel ließ sich neben Ravira nieder und beobachtete die Wasserelfen. Immer wieder schloss er die Augen, konnte aber keinen Schlaf finden, denn die Erde unter ihm rumorte und er musste an die Kämpfe am Fuße der Berge denken.

»Du musst ruhen«, tadelte ihn Ravira leise, als er sich wieder aufsetzte.

»Ich kann nicht.«

»Weshalb?«, fragte sie. »Ich bringe dich zurück in deine Welt, du kannst dich also beruhigt hinlegen.«

Daniel hob den Kopf. Ravira musterte ihn aus ihren grünen Augen, aus denen die Verachtung ihm gegenüber verschwunden war.

»Auch wenn ich die Grenze zu deiner Welt nicht absichtlich überquert habe, so ist es dennoch meine

Schuld, dass dieser Krieg ausgelöst wurde.«

Ravira sah ihn nur an, so als wartete sie darauf, dass er weiter sprach.

»Wenn ich heimkehre«, fuhr Daniel fort, »werde ich mir für den Rest meines Lebens Vorwürfe machen. Ich möchte nicht, dass du und Ellisán, euer Vater und all die anderen Feen, die ich nicht einmal kenne, meinetwegen sterben müssen. Vielleicht sollten wir doch ... umkehren.«

Ravira lächelte. »Verzeih mir, Daniel, aber du scheinst nicht gerade ein großer Krieger zu sein. Was also glaubst du gegen Riesen und Steintrolle ausrichten zu können?«

Daniel blickte ihr unverwandt in die Augen. »Ich nicht. Aber mein Tod könnte es.«

Nun wirkte Ravira sichtlich verwundert. Ihre feinen Brauen hoben sich. »Sagtest du nicht, du möchtest nicht geopfert werden? Hast du nicht mit aller Macht versucht, uns zu entkommen?«

Daniel nickte. Natürlich wollte er nicht sterben, doch er fühlte sich, als würde ihn sein Gewissen mit dem Rücken gegen die Wand drängen und ihm eine Entscheidung abverlangen.

»Macht es für dich einen Unterschied, ob du gezwungen wirst oder dich freiwillig für den Tod entscheidest?«, wollte Ravira wissen. Ihre Stimme war leise, fast schon sanft geworden.

»Würde es für dich einen Unterschied machen?«, fragte er, statt eine Antwort zu geben.

»Einen sehr großen sogar, denn es ist mein Leben und nur ich allein möchte darüber entscheiden, ob …«, sie brach ab und senkte den Kopf. Daniel konnte den Blick nicht von ihr wenden.

»Niemand hat das Recht, jemanden zu opfern«, fuhr Ravira dann fort. »Das erkenne ich jetzt. Aber du«, sie berührte ihn flüchtig am Arm, »du möchtest doch nicht wirklich sterben, oder?«

Daniel schüttelte den Kopf, dann schmunzelte er. »Vielleicht hast du ja recht, und ich bin doch nur ein Narr, der sich ständig in Gefahr begibt.«

Sie seufzte tief. Langsam streckte sie ihre Hand nach ihm aus, zögerte einen Augenblick, und legte sie schließlich auf Daniels Wange. Daniel ließ es geschehen, war wie verzaubert von ihrer Berührung.

»Schlaf jetzt«, flüsterte sie und murmelte dann einige fremdartige Worte. Die Gedanken in Daniels Kopf wurden träge, wie in Watte gepackt, und eine tiefe Müdigkeit übermannte ihn.

»Daniel, wach auf.« Jemand rüttelte ihn an der Schulter und Daniel blinzelte verwirrt. Düster war es, die Morgensonne zeichnete sich nur als helle Scheibe hinter dem dunstigen Weiß ab. Daniels Blick fiel auf Ravira.

»Hast du mich am Ende auch verzaubert?«, brummelte er schlaftrunken.

»Es war ein harmloser Schlafzauber, der rasch verfliegt.« sagte sie einfach, nahm seine Hand und zog ihn in die Höhe. »Du hast keine Ruhe gefunden und du wirst deine Kraft heute noch benötigen.«»Die Erde bebt nicht – denkst du …«

»Der Krieg ist noch nicht vorüber«, unterbrach sie ihn. »Die Riesenbrüder haben sich erhoben und sind nun dabei, feste Gestalt anzunehmen.«

»Ravira!« Er hielt sie fest, als sie losmarschieren wollte. »Könnt ihr sie bezwingen?«

Sie betrachtete Daniel einen Moment lang aus diesen grünen Augen, dann blickte sie zu Boden. »Mag sein.« Im Gegensatz zu ihrer sonst so herrischen und selbstsicheren Art wirkten ihre Worte wenig zuversichtlich. Hastig machte sie sich los, noch ehe Daniel etwas erwidern konnte, und stürmte voran.

»Ravira«, rief er und sie blieb stehen. »Unser Gespräch von gestern Abend. Ich habe es ernst gemeint als ich sagte, ich würde …«

»Schweig«, herrschte sie ihn an, sprach dann aber etwas leiser weiter. »Ich will nicht, dass du dich opferst. Und jetzt lass uns endlich gehen.«

Schon eilte sie weiter, und schließlich folgte Daniel ihr. Er musste sich eingestehen, dass er erleichtert war, nicht in die Opferrolle gefallen zu sein. Während sie dahin marschierten schwieg Ravira und sie sprach auch dann noch kein Wort, als die ersten Sonnenstrahlen durch den Nebel brachen. Erst als sie an einem Bach ankamen, den sie nicht ohne Weiteres überqueren konnten, erhaschte Daniel einen Blick auf Raviras Gesicht. Dieses war äußerst angespannt und ernst. Und nun erkannte er bestürzt, dass ihre Augen gerötet waren und Tränen Spuren auf ihren Wangen hinterlassen hatten. Eilig ließ sie ihre Haare vor das Gesicht fallen, doch Daniel berührte sie vorsichtig am Arm.

»Ravira, was hast du?«

»Nichts«, schnauzte sie ihn an, »wir müssen nach rechts, dort können wir über den Bach springen.«

»Weshalb weinst du?«, beharrte er. Es war nur natürlich, dass sie sich Sorgen um ihr Volk machte. Aber vom gestrigen Abend abgesehen, war sie ihm kalt, hartherzig und beherrscht erschienen und er hatte das für einen allgemeinen Wesenszug der Feen gehalten – abgesehen von Ellisán vielleicht, die noch sehr jung war.

Ruckartig fuhr sie zu ihm herum, er bemerkte, wie ihre Unterlippe bebte. »Mein Volk zieht in den Krieg, viele werden sterben, und nur, weil ich dir nicht zugehört habe. Sonst hätten wir vielleicht einen anderen

Weg gefunden oder wären zumindest besser vorbereitet gewesen.« Sie blinzelte in den Himmel, dann fuhr sie etwas versöhnlicher fort. »Ich weiß nicht, weshalb du mich nicht bei meinem Vater verraten hast, weshalb du mich vor den Steintrollen gerettet hast, aber ich danke dir.«

Daniel lächelte vorsichtig. »Weil ich nicht möchte, dass du stirbst.«

In ihren grünen Augen stand so viel Kummer und Schmerz und mit einem Mal hatte er das Gefühl, dass er diesen Schmerz mit ihr teilte. Wie eine eiserne Klaue krampfte er sich um sein Herz. Er konnte nicht anders, musste sie in den Arm nehmen, versuchen, sie zu trösten, und Ravira schmiegte sich für einen Moment an ihn, doch dann hielt sie ihn mit ihren Händen auf Abstand.

»Sieh mich nicht so an«, flüsterte sie, wandte den Blick jedoch nicht ab.

»Ist das wieder dieser Feenzauber?« Daniel wusste nicht, was mit ihm geschah, er glaubte in diesen grünen Augen zu versinken; es war ähnlich wie bei Ellisán, aber doch wieder anders.

»Nein«, ruckartig wandte sich Ravira um und er glaubte zu hören, wie sie leise: »und das ist das Schlimmste«, hinzufügte.

Was sie damit sagen wollte, konnte er nicht erraten, und bei dem Tempo, das sie nun an den Tag legte, machte es auch keinen Sinn, sie zu fragen.

Irgendwann begann die Gegend Daniel wieder vertraut vorzukommen. Während des ganzen strammen Marsches war Ravira sehr schweigsam gewesen. Nun standen sie auf dem Plateau, unter dem sich die bizarre Landschaft des Storr erstreckte. Wie durch einen Schleier glaubte Daniel sogar, Wanderer tief unter ihnen auszumachen, die im letzten Abendlicht den Heimweg angetreten hatten. Im Süden hingegen konnte er die bedrohliche Silhouette der beiden Riesenbrüder erkennen, die nun noch einmal deutlich dichter anmuteten, als noch am Morgen.

»Können die Menschen dort unten die Riesen sehen?«, erkundigte sich Daniel atemlos.

»Nein«, antwortete Ravira leise. »Noch nicht, doch wenn mein Volk den Krieg verliert …«

»Ravira, gibt es denn nichts, was wir sonst noch tun könnten?« Daniel fasste sie an den Schultern, versuchte, ihre Gedanken zu ergründen.

»Nur dein Blut allein würde die Riesen besänftigen und das …« Sie stockte, biss sich auf die Lippe und fuhr sich verlegen über die feine Narbe an ihrer Wange.

»Und das?«, hakte Daniel nach, hob ihr Kinn mit einem Finger an und wartete ab.

»Wie ich dir schon sagte, das möchte ich nicht, jetzt nicht mehr.« Sie wandte sich ruckartig ab, wollte weiter, aber Daniel fasste sie energisch am Arm. Als sie zu ihm herumfuhr, funkelte einen Moment der Zorn einer Kriegerin in ihren Augen, doch dann senkten sich ihre langen Wimpern.

Daniel betrachtete sie, sein Herz setzte kurz aus und schlug dann umso heftiger weiter. Er war völlig verwirrt. Die Abneigung gegen Ravira war wie weggeblasen – eigentlich bereits seit er sie vor dem

Steintroll gerettet hatte und sie sich miteinander unterhalten hatten. Das alles verwirrte ihn, denn vor kurzem hatte er sich sogar vor Ravira gefürchtet. Doch nun spürte er ein ganz intensives Kribbeln in seinem Inneren und …

»Es ist nicht mehr weit, wir müssen uns beeilen«, riss ihn Ravira aus seinen Überlegungen.

Wieder erfüllte ein fernes Grollen, wie der Donner eines sich nähernden Gewitters, die Luft. Nur wusste Daniel, es war kein Gewitter, sondern der Zorn von Dearga und Dubh, der über das Feenvolk kam. Auch Ravira war zusammengezuckt und rannte nun den Berg hinauf. »Rasch! Je eher ich mich meinem Volk anschließe, umso besser.«

Verdammt, ich will nicht, dass sie in diesen Krieg zieht, schoss es Daniel durch den Kopf, aber Ravira ließ ihm keine Zeit, etwas zu erwidern. Sie stürmte den Hang hinauf und rannte über die Hochebene. Daniel konnte ihr kaum folgen und das halsbrecherische Tempo, in dem sie hinab ins Tal der Feen kletterte, ließ ihn immer wieder straucheln. Er fiel hin, schlug sich das

Knie auf, aber sofort hastete er weiter. Schließlich waren sie an jener Stelle angelangt, an der Ellisán ihn gefunden hatte. Glutrot versank die Sonne im Westen und unwillkürlich musste Daniel an das Blut der Feen denken, das gerade in den Cuillin Hills vergossen wurde.

Ravira stand ihm gegenüber, noch einmal versanken ihre Augen in den seinen; sein Atem stockte, als sie ihre Hand ausstreckte, über seine Wange strich und ihn küsste.

»Es tut mir leid«, flüsterte sie. Tränen rannen über seine Wange, dann schob sie ihn von sich und sprach mit heiserer Stimme und sehr hastig die Worte, die er schon einmal vernommen hatte.

»Ó thír na sióg, treoróidh mé thú siar le cuimhne na seacht sinsear abhaile arís!«

Daniel hatte das Gefühl, sein Herz würde explodieren, Nebel und Farben tanzten um ihn herum.

Ich will nicht gehen!, schoss es ihm durch den Kopf. Dann wurde es dunkel um ihn.

Kapitel 7

Feuer, berstendes Gestein, Feenkrieger, die mit bewundernswerter Todesverachtung gegen zu Stein gewordene Riesen kämpften; Steintrolle ergossen sich einer Lawine gleich aus den Bergen und überschwemmten Felsen, Gras und Bäche. »Alle Freunde der MacGillivrays stehen unter dem Schutz der Feen«, hörte Daniel eine kauzige Stimme. Die Keule eines Steintrolls sauste auf Ravira zu. Blut, überall Blut.

»Nein! Das muss beendet werden! Ich opfere mich! Ich opfere mich!«, schrie Daniel und fuhr auf. Ebenso wie das Gestein noch vor wenigen Sekunden schien nun sein Kopf zu explodieren.

»Daniel? Ganz ruhig«, vernahm er eine Stimme. Vage kam sie ihm bekannt vor, doch im Augenblick kämpfte er gegen die Übelkeit an, die in ihm aufstieg.

»Mein Gott, bin ich froh, dass du endlich aufgewacht bist. Warte, ich rufe die Schwester, du siehst aus, als müsstest du dich gleich übergeben.«

»Geht schon«, presste Daniel mühsam hervor,

öffnete seine Augen einen Spalt breit – und fand sich in einem nüchternen, Raum mit weißen Wänden wieder. Auch die Stimme konnte er nun identifizieren, sie gehörte zu Tom, der reichlich übernächtigt aussah. Allem Anschein nach hatte er gerade eben noch geträumt und war von seinem eigenen Schrei aufgewacht.

»Die Cuillins!«, rief Daniel aus. »Kann man sie von hier aus sehen?« Er wollte sich schon aus dem Bett schwingen, selbst wenn sein Kopf dröhnte, aber Tom drückte ihn ohnehin zurück in die Kissen.

»Nein, kann man nicht, aber weshalb ist das denn so wichtig? Daniel, verflucht, bleib liegen, du hast eine Gehirnerschütterung und warst fast zwei Tage lang bewusstlos.«

Daniel fing an zu husten, was seinen Kopf erneut zum Dröhnen brachte. Verzögert hörte er wie Tom sagte: »Richtig, und eine Lungenentzündung gleich dazu. Verdammt, sag, was …«

Doch Daniel ließ ihn nicht ausreden. »Die Cuillin Hills? Sehen sie so aus wie immer oder sind sie geborsten?«

Nun zeigte Tom einen äußerst verwirrten Ausdruck. »Okay, alter Junge, du beruhigst dich jetzt und dann hole ich einen Arzt.«

»Ich brauche keinen Arzt, verdammt!« Daniel atmete tief durch. Er wusste ja nicht einmal, wie er hierher gekommen war. »Also, haben die Cuillins irgendwie seltsam ausgesehen heute? Vielleicht sehr stark in Nebel gehüllt?«

»Während der letzten Tage hat in der Tat ungewöhnlich dichter Nebel über der Insel gelegen, ein seltsames Zwielicht hat herrscht«, gab Tom beinahe schon widerwillig zu. »Aber seit vorgestern ist der Nebel aufgerissen, sieh nur, die Sonne strahlt!«

Daniel blickte aus dem Fenster und tatsächlich spannte sich ein klarer azurblauer Himmel über das Land. Erleichtert schloss er die Augen. »Dann haben sie vielleicht doch gewonnen«, flüsterte er. Von der Unversehrtheit der Cuillin Hills wollte er sich so schnell wie möglich selbst überzeugen.

»Was hast du gesagt?«

»Nichts.«

»Rachel ist übrigens nur kurz beim Einkaufen. Ich muss sagen, ich bin sogar von ihr beeindruckt. Während der letzten zwei Tage ist sie nicht von deiner Seite gewichen.«

»Was tue ich eigentlich hier?« Er streckte seine Hand nach dem Wasserglas neben seinem Bett aus, aber Tom kam ihm zuvor und reichte es ihm.

»Wanderer haben dich in dem Tal hinter dem Storr-Plateau gefunden. Dein Knöchel ist gebrochen, wie gesagt, du hast eine Gehirnerschütterung und durch die tagelange Unterkühlung hast du eine Lungenentzündung bekommen. Verflucht noch mal, was hast du denn dort getan? Wir haben dich gesucht und waren ganz krank vor Sorge, weil keine Spur von dir zu finden war. Du wolltest doch zu den MacLeods Tables!«

»Was?« Verdutzt blickte Daniel an sich hinab. Sein Knöchel lag in Gips. Die Gehirnerschütterung konnte er nicht ignorieren und auch der Hustenreiz war äußerst unangenehm.

»Aber sie hatte mich doch geheilt«, murmelte er vor

sich hin und ließ sich zurück in die Kissen sinken.

»Wer soll dich geheilt haben?«

»Na, die … Ellisán.« Beinahe hätte er ›die Fee‹ gesagt, aber es gelang ihm gerade noch, dies zu unterdrücken.

Tom legte ihm eine Hand auf die Schulter. »Du hast letzte Nacht im Fieber lauter wirres Zeug geredet. Irgendwelche Namen, von den Cuillins und von einer Ramira.«

»Ravira«, korrigierte er und sein Herz krampfte sich zusammen. Lebte sie überhaupt noch? Doch nach und nach drangen Toms Worte wirklich in sein Bewusstsein.

»Ich war also mehrere Tage verschollen und dann haben mich Wanderer gefunden und ich wurde ins Krankenhaus gebracht?«

»Richtig, mit einem Hubschrauber. Du hattest unglaubliches Glück! Bei dem Sturz hättest du dir den Hals brechen können. Mal abgesehen davon warst du völlig unterkühlt und dehydriert.«

»Puh!« Er fuhr sich durch die Haare. Sollte er am

Ende alles nur geträumt haben? Waren Ellisán, die Riesenbrüder, Coinneach und Ravira lediglich in einem wirren Fiebertraum entstanden? Er konnte sich das einfach nicht vorstellen! Zu real war das alles gewesen.

»Carol lässt sich übrigens entschuldigen. Ihr Großonkel ist noch immer nicht aufgetaucht.«

»Ist der etwa auch verschwunden?«, wollte Daniel wissen.

»Ja, leider«, seufzte Tom. »Drei Tage nach dir. Wir denken, er wollte dich suchen. Alaisdair war völlig durcheinander und aufgelöst, hat ununterbrochen etwas von Feen und Riesen vor sich hin gemurmelt. Hoffentlich ist ihm nichts zugestoßen, aber ehrlich gesagt habe ich ein schlechtes Gefühl. Er ist uralt und wenn er irgendwo verletzt herum liegt, kann es für ihn zu spät sein.«

Daniel schloss die Augen. Was hatte das jetzt wieder zu bedeuten?

Ein Stuhl schabte auf dem Boden. »Ich lasse dich am besten schlafen, Daniel.«

Schlafen? Zu gerne hätte Daniel geschlafen. Doch

er grübelte und grübelte. Sein Verstand sagte ihm, er hätte alles geträumt, aber sein Herz gab ihm etwas anderes zu verstehen.

Nach wenigen Tagen wurde Daniel entlassen. Die Gehirnerschütterung war ausgeheilt, die Lungenentzündung abgeklungen. Rachel zeigte sich wirklich ausgesprochen besorgt und kümmerte sich gut um Daniel. Doch er musste ständig an Ravira denken, die Fee, die er allerdings nur im Reich seiner Fantasie kennengelernt hatte. Das zumindest redete er sich mittlerweile ein. Seine Freunde hatten ihn auf seinen Wunsch hin an den Rand der Cuillins gefahren. Doch dort sah alles aus, wie er es bei seiner Ankunft auf der Isle of Skye gesehen hatte. Nichts deutete auf einen Feenkrieg hin oder darauf, dass sich irgendwelche geheimnisvollen Riesenbrüder erhoben hatten. Sehnlichst wünschte er sich den alten Alaisdair herbei, mit dem er darüber hätte sprechen können, ohne für verrückt gehalten zu werden. Nur leider blieb der alte Mann verschollen. Alle waren sehr bedrückt, besonders Carol, denn man ging davon aus, dass er nicht mehr am Leben war.

»Vielleicht ist er in eine Felsspalte gestürzt und man findet ihn erst in vielen Jahren durch einen Zufall«, sagte Carol an diesem Tag beim Frühstück traurig.

»Das ist alles meine Schuld.« Schon seit Tagen wusste Daniel nicht, wie er seiner besten Freundin in die Augen sehen sollte.

Aber anderen die Schuld zu geben oder nachtragend zu sein war nicht Carols Art und so streichelte sie Daniels Arm. »Onkel Alaisdair ist – oder war – ein echter schottischer Sturkopf. Frage nicht, wie oft er trotz seines Alters noch in die Berge gestiegen ist. Niemand hätte ihn davon abhalten können. Und in einem Bett wollte er ohnehin niemals sterben.«

Trotz dieser Worte bildete sich eine Träne in Carols Augenwinkel und Daniel plagte mehr denn je sein schlechtes Gewissen.

»Morgen fahren wir nach Hause«, warf Rachel ein. »Dann hat dieser Spuk hier ein Ende.«

Vielleicht ist es besser so, dachte Daniel.

Kapitel 8

Der Knöchel war bald verheilt, Daniel nahm seine gewohnte Arbeit wieder auf. Obwohl er die Insel vor Wochen verlassen hatte und nach Liverpool zurückgekehrt war, kreisten seine Gedanken noch viel zu oft um die Isle of Skye und das Tal hinter dem Old Man of Storr. Mit Gewalt versuchte er, sein altes Leben wieder aufzunehmen, aber die Sehnsucht nach diesem Feental – und vor allem Ravira, selbst wenn er diese Gedanken stets unterdrückte – ließen ihn einfach nicht mehr los.

Drei Monate nach dem Besuch auf der Insel machte Daniel mit Rachel Schluss; er liebte sie nicht mehr, konnte ihr nicht geben, was sie begehrte.

Allmählich stellte sich wieder der Alltag ein. Daniels Leben beschränkte sich auf lange Arbeitstage mit Überstunden, abends sah er meist nur fern und fiel anschließend todmüde ins Bett. Nach der Trennung von Rachel hatte er eine Weile versucht, andere Frauen kennenzulernen, dies jedoch rasch wieder aufgegeben.

Keine von ihnen konnte die Leere füllen, die er seit seiner Abreise von der Insel in sich spürte.

Selbst Tom und Carol fiel auf, wie sehr er sich verändert hatte, und dass er kaum noch Interesse an Aktivitäten wie Squash, Billard oder gemeinsamen Abenden hatte. Bei einem Ausflug an die Küste, zu dem sie ihn an Toms Geburtstag überredet hatten, hatten sie ihm erzählt, dass Carol schwanger war und sie und Tom nun ihren Traum, auf die Isle of Skye zu ziehen, verwirklichen wollten. Sie hatten bereits ihren Job gekündigt und würden bald umziehen. Daniel freute sich für die beiden, auch wenn er sie vermissen würde.

Ein weiterer grauer Arbeitstag war angebrochen. Zäh wie Kaugummi zog er sich bis zur Mittagspause dahin und Daniel dachte mit Schrecken daran, wie es wohl werden würde, wenn Carol und Tom nicht mehr hier waren, denn morgen war ihr letzter Arbeitstag.

»Beinahe ein Jahr ist es jetzt her, dass Onkel Alaisdair verschwunden ist«, sagte Carol in diesem

Moment. Sie holte für Daniel ein Blatt Papier aus dem Drucker und legte es in seine Präsentationsmappe. »Wir wollen eine symbolische Trauerfeier am vierundzwanzigsten Juni abhalten.« Sie lächelte vorsichtig. »Hättest du vielleicht Lust, daran teilzunehmen?«

»Würde ich gerne, und Tom hat mich übrigens vorhin auch schon gefragt. Aber der Kotzbrocken gibt mir keinen Urlaub.« Daniel blies die Wangen auf und blubberte in dem für Ronald Avery, ihrem Abteilungsleiter, typischen kurzatmigen Tonfall: »Dieser Workshop ist für die Zielerreichung unseres Unternehmens von elementarer Bedeutung. Daher ist es wichtig, dass sie Ihre Präsentation umgehend erarbeiten und zeitnah abhalten!«

Carol lachte lauthals los, doch dann räusperte sie sich eilig und deutete zur Tür. Besagter Abteilungsleiter hastete gerade hindurch. Wie immer glänzte seine Stirn mit dem lichten Haar und sein Erscheinen wurde von einem Potpourri aus Schweißgeruch und Aftershave begleitet. Unterhalb seiner Achseln zeichneten sich gelbliche Ränder auf seinem Hemd ab.

»Daniel, diese Präsentation ist eine Katastrophe – eine Katastrophe, sage ich!« Wütend klatschte er die Mappe vor Daniel auf den Tisch und beugte sich zu ihm hinab. »Damit brauchen Sie keinen Workshop abhalten. Keinen Workshop, ist das klar?!«

Die Art, wie Mr. Avery stets alles wiederholte, wenn er aufgeregt war, war Daniel schon immer auf die Nerven gegangen. Seit seiner Reise auf die Isle of Skye fand er diese Macke unerträglich.

»Bullshit! Das ist Bullshit!«

»Im Zweifelsfall können Sie ja Bullshit-Bingo damit spielen«, rutschte es Daniel heraus, bevor er es verhindern konnte.

Carol grunzte unterdrückt, Avery indes glotzte ihn nur aus seinen hervorquellenden Fischaugen an.

»Was sagen Sie?«, blubberte er.

»Bullshit-Bingo! Kennen Sie das nicht? Man legt ein Gittermuster an, schreibt Wörter aus dem Büroalltag hinein, so wie *Eruieren der Marktpotenziale, aktive Kundenakquise*, *Kalkulation* oder *Steigerung der Umsätze.* Wenn dann in einer Besprechung oder eben einem

Workshop«, Daniel kicherte los, »eines dieser Worte fällt, kreuzt man es an. Und wer zuerst fünf in einer Reihe, egal ob diagonal, vertikal oder horizontal hat, springt auf, schreit *Bullshit* und hat gewonnen.«

Avery schnappte nach Luft, lockerte seine grell gemusterte Krawatte und für einen Moment befürchtete Daniel, er würde einen Herzinfarkt bekommen.

»Sie … sie … haben sich während der letzten Monate schon zu viel erlaubt! Viel zu viel! Ich habe Sie bereits abgemahnt. Glauben Sie ernsthaft, ich würde zögern, Sie rauszuwerfen? Jeder ist ersetzbar.«

»Keine Ahnung.« Gelassen lümmelte sich Daniel an seinen Schreibtisch. Es war verrückt, aber im Augenblick wünschte er sich beinahe, Avery würde ihn entlassen.

»Sie …« Avery pumpte wie ein Maikäfer und deutete dabei mit seinem Wurstfinger hektisch auf die Mappe. »… machen das bis morgen Nachmittag noch einmal sonst …«

»Sonst?«

»Werden Sie es bereuen!« Nun machte er ein

äußerst wichtiges Gesicht. »Bereuen, sage ich!«

»Ich glaube viel mehr, ich würde es bereuen, wenn ich noch einmal meine Zeit mit diesem Mist vergeuden würde.«

»Daniel!«, quietschte Carol entsetzt und machte hinter dem Rücken ihres Chefs hektische Zeichen.

Doch Daniel genoss es, Avery zu beobachten und er fragte sich, wie rot ein Mensch werden konnte, bevor er umkippte.

»Ist Ihnen von Ihrem Unfall ein bleibender Schaden geblieben?«, blaffte der ungeliebte Chef. »Seit damals sind Sie ja nicht mehr Sie selbst.«

»Vielleicht bin ich erst damals ich selbst geworden.« Eine seltsame Gelassenheit und das Gefühl, das Richtige zu tun, durchströmte Daniel. »Wissen Sie was. Machen Sie Ihre Bullshit-Präsentation allein. Ich begleite meine Freunde auf die Trauerfeier für ihren Onkel. Denn das ist etwas, das wirklich zählt.« Langsam stand er auf, holte seine persönlichen Sachen aus der Schublade und beobachtete aus dem Augenwinkel, wie ihn der Abteilungsleiter fassungslos anstarrte.

»Es soll übrigens äußerst ungesund sein, sich ständig so aufzuregen«, merkte Daniel an.

»Sie … Sie sind … gefeuert!«

»Was Sie nicht sagen!« Leise pfeifend verließ Daniel das Büro und hatte das Gefühl, die beste Entscheidung seines Lebens getroffen zu haben.

»Du hättest sehen müssen, wie er dem alten Kotzbrocken die Meinung gegeigt hat«, lachte Carol, während die drei mit ihrem Auto in Richtung Norden fuhren.

»Das hätte ich in der Tat zu gern miterlebt, nur saß ich zu diesem Zeitpunkt selbst in so einer Bullshit-Besprechung.« Tom drehte kurz den Kopf nach hinten, wo Daniel breit grinsend die Landschaft beobachtete. »Also, der Alte hat das ja irgendwie verdient, aber etwas unüberlegt war das ja schon. Was willst du denn jetzt arbeiten?«

»Keine Ahnung!« Daniel lehnte sich zurück. »Während der letzten Jahre habe ich einiges angespart, das wird eine Weile reichen. Vielleicht mache ich auch eine Tour durch die USA, dort wollte ich schon lange hin. Mal hier, mal da jobben. Ich mach einfach das Schicksal zu meinem Reiseführer und werde schon sehen, wohin es mich verschlägt. Das war mal ein Traum von mir, als ich siebzehn war.«

»Du hast Mut, das muss man dir lassen«, sagte Carol.

»Na, so ganz ohne ist das, was ihr vorhabt, ja auch nicht«, bemerkte Daniel.

Tom nahm seine Hand vom Steuer und legte sie Rachel aufs Bein. »Wir stehen doch unter dem Schutz der Feen, da kann unser Vorhaben ja gar nicht schiefgehen.«

Daniel legte seinen Kopf gegen die kühle Scheibe des Wagens.

Der Schutz der Feen.

So lange hatte er Ravira und ihr Volk verdrängt, aber jetzt, da er wieder auf dem Weg auf die Isle of Skye war, packte ihn erneut die Sehnsucht nach ihr.

Der Tag der Sommersonnenwende war angebrochen. Mit Rucksack und Zelt auf dem Rücken machte sich Daniel in der Abenddämmerung an den Aufstieg zum Old Man of Storr. Auch wenn ihn seine Freunde für verrückt erklärt hatten – war er doch hier verunglückt – hatte er sich nicht davon abbringen lassen, allein hierher zu kommen. Diesmal hatte er ihnen zumindest Bescheid gesagt wo er war und hoch und heilig versprochen, sofort eine SMS zu schicken, wenn er sein Ziel erreicht hatte, oder, sofern er mal wieder Probleme mit dem Empfang hatte, einen anderen Wanderer bitten würde, von der Straße aus eine Nachricht an seine Freunde zu senden. Im Gegensatz zum letzten Mal peitschten heute keine Regenschauer über das Land. Nein, die Luft war mild, die Sonne schickte ihren verschwenderischen Glanz über das östliche Meer und der Wind umschmeichelte Daniels Gesicht. Wieder hier hinaufzusteigen löste beinahe ein Gefühl von nach Hause kommen bei ihm aus. Er genoss jeden Schritt, die grandiose Aussicht und das wunderbare Wetter.

Am Rande des Hochplateaus errichtete er sein Zelt, suchte eine Stelle, an der er die SMS absenden konnte, und ging zurück zu seinem Lagerplatz. Wieder faszinierte ihn das Farbspiel im Tal, dennoch hütete er sich, zu nah an den Abhang heranzugehen. In der Dämmerung kochte er einen Topf Suppe, wechselte ein paar Worte mit Wanderern, die auf dem Heimweg waren, und legte sich dann mit seiner Isomatte vors Zelt. Gespannt wartete er ab, versuchte, seiner Aufregung Herr zu werden, während er in die Nacht starrte.

Würde er wieder die Feenfeuer sehen? Hinunter ins Tal durfte er nicht, das war ihm klar, denn sonst würden sich die Riesen erneut erheben – sofern er sich das alles nicht ohnehin eingebildet hatte. Aber er wollte noch einmal einen Blick auf diese Feenkrieger erhaschen, sich versichern, ob nicht doch ein Funke Wahrheit an dem war, was der Rest der Welt für eine Illusion hielt. Und vor allem wollte er wissen, ob Ellisán und Ravira noch am Leben waren.

Die Nacht schritt voran. Millionen von Sternen

funkelten am Himmel und über das Tal unterhalb von Daniel legte sich leichter Nebel. Gebannt starrte er in die Tiefe, wartete auf die Feenfeuer, das Aufglimmen von Fackeln – aber nichts geschah. Der Zeiger der Uhr kroch unaufhaltsam weiter und Enttäuschung durchflutete ihn.

»Verdammt, Daniel, du bist ohnehin zu alt für Feenmärchen« knurrte er, zerrte auch seinen Schlafsack ins Freie und legte sich nieder. Die Nacht war mild und beinahe windstill, und auch wenn Daniel es sich nicht verkneifen konnte, weiterhin hinab in die Tiefe zu blicken, fielen ihm irgendwann die Augen zu.

Die Enttäuschung, am nächsten Morgen aufzuwachen, ohne auch nur ein entferntes Glimmen aus dem Feenreich gesehen zu haben, war beinahe zu viel für Daniel. Am liebsten hätte er sich wie ein kleiner Junge im Zelt verkrochen und hemmungslos geheult. Doch er war kein kleiner Junge mehr und so packte er zusammen und machte sich energischen Schrittes an den Abstieg und wanderte in Richtung Parkplatz.

Kapitel 9

»Gut, ich habe mir alles nur eingebildet, jetzt reicht es!«, sprach er zu sich selbst und trat mit jedem Schritt fester auf. »Dann gehe ich eben wirklich in die USA. Eine aufregende Reise wird mich auf andere Gedanken bringen.« Wütend kickte er einen Stein über eine Felskuppe.

»Au!«, ertönte da eine weibliche Stimme.

»Verzeihung!«, rief Daniel. »Ich wollte nicht …« Ihm blieb das Wort im Halse stecken, als ein rotblonder Haarschopf auftauchte.

»Ravira«, hauchte er. Doch auf den zweiten Blick ähnelte die junge Frau doch eher einem Menschen als einer Fee. Sie trug feste Wanderschuhe, ihre schlanken Beine steckten in einer Jeans, und eine Regenjacke schützte sie vor Wind und Wetter. Nun rieb sie sich die Schläfe.

»Hat man dir nicht beigebracht, dass man beim Bergwandern aufpasst, wo man hintritt? Du kannst ja wer weiß wen treffen, wenn du mit Steinen um dich wirfst.«

»Es tut mir leid. Ich bin … Daniel.«

Ein verschmitztes Lächeln huschte über das schmale Gesicht der jungen Frau. Die rotblonden Haare waren zu einem dicken Zopf zusammengefasst, doch einzelne Haarsträhnen hatten sich daraus gelöst und hingen in Locken über ihre rechte Gesichtshälfte.

»Ria nennen mich meine Freunde.«

»Ria.« Er starrte sie an, denn sie erinnerte ihn so unglaublich an Ravira.

»Wollen wir gemeinsam den Berg hinab steigen?«, fragte sie fröhlich.

»Ja, gerne.« Daniel wusste überhaupt nicht, wie ihm geschah, und er musste sich sehr zusammenreißen, Ria nicht ständig anzustarren, denn schon mehrfach wäre er beinahe gestürzt.

»Du trampelst herum wie ein Troll.«

»Troll?« Er blieb abrupt stehen, forschte in ihren grünen Augen – Augen, wie sie auch Ravira gehabt hatte.

Doch die junge Frau schmunzelte nur amüsiert.

»Trolle – plumpe, meist garstige Wesen. Kennst du die alten Geschichten der Insel nicht?«

»Doch, die kenne ich nur zu gut«, murmelte er.

Unbeschwert lief Ria weiter. »Man erzählt sich die Geschichte von Alaisdair MacGillivray, der sein Leben geopfert hat, um den Krieg zwischen Riesen und Feen zu beenden.«

»Auch die ist mir bekannt.« Daniel wusste nicht, was er von Ria halten sollte, denn was sie von sich gab war doch zu seltsam.

Mittlerweile waren sie an der markanten Felsnadel des Old Man of Storr angekommen, über der ein Rabe krächzend seine Kreise zog.

»Dann weißt du auch, wie sie ausgeht?«, wollte Ria wissen.

»Das Blutopfer ließ die Riesen zu Stein erstarren, sie zogen sich zurück, und fortan standen alle MacGillivrays und auch deren Freunde unter dem Schutz von Coinneach.«

Nun blieb Ria stehen, stellte sich direkt vor Daniel und er hatte das Gefühl, in ihren grünen Augen wie in einem Meer zu versinken.

»Das war die alte Geschichte der MacGillivrays«, sagte sie geheimnisvoll. »Es gibt noch eine weitere.«

»Welche denn?«, flüsterte Daniel.

Ria trat ganz dicht an ihn heran, ließ ihn nicht aus dem Blick und jedes einzelne Haar an seinem Körper stellte sich auf, als sie ihn an der Hand berührte. »Viele Jahre später gelangte versehentlich ein junger Mann über die Grenze des Feenreichs und eine blonde junge Fee half ihm. Wieder erhoben sich die Riesen und der Mann sollte geopfert werden. Die junge Fee glaubte, in ihn verliebt zu sein, doch es war nur der Zauber, der häufig entsteht, wenn sich zwei unterschiedliche Wesen treffen. Ihre Schwester brachte dem jungen Mann zunächst nur Hass entgegen, wollte ihn opfern. Doch er stand unter dem Schutz Coinneachs und als sie ihn zurück über die Grenze geleiten sollte, rettete er ihr das Leben und sie …«

»Sprich weiter«, hauchte Daniel.

»… sie entflammte in Liebe für ihn, wahre, starke Liebe, die nichts mit Feenzauber zu tun hatte.«

»Ich …«

Sie legte ihren Finger an seine Lippen und schüttelte den Kopf. »Die Fee brachte ihn zurück, doch sie war in Eile, völlig verwirrt von ihren Gefühlen und der Sorge um ihr Volk. Sie bedachte nicht, dass ihre Schwester, die den jungen Mann nach seinem Übertritt ins Feenreich geheilt hatte, noch sehr jung und unerfahren war und ihre Heilkünste daher in der Welt der Menschen nicht lange standhielten. Das wurde ihr jedoch erst später klar. Zu sehr war sie um den Krieg ihres Volkes besorgt. Dubh und Dearga hatten schon beinahe feste Formen angenommen und kämpften erbittert mit ihren Verbündeten, den Steintrollen, gegen die Feen. Und wieder war es ein MacGillivray, der sich opferte. Der alte Alaisdair hatte gespürt, was im Feenreich vor sich ging, wanderte zum Fuß der Cuillin Hills und gab sein Leben.«

»Alaisdair!« Daniel spürte, wie sich seine Kehle zuschnürte.

»Er ging mit Freuden, denn seine Tage in der Welt der Menschen waren ohnehin gezählt, und mit großem

Mut warf er sich Dubh und Dearga entgegen. Er fand seine letzte Ruhestätte im Feenreich und alle Feen werden fortan ein Fest zu seinen Ehren feiern.« Ria legte den Kopf schräg, ein zaghaftes Lächeln huschte über ihr Gesicht. »Der Herr der Feen spürte, dass seine Tochter sich in den jungen Menschen verliebt hatte und warnte sie, dass der Zauber des Vergessens, den sie ihm bei seinem Übertritt in die Menschenwelt auferlegt hatte, bei ihm nicht wirken würde, sollte ihre Liebe auf Gegenseitigkeit beruhen.«

»Weiter.« Daniel lauschte atemlos.

»Im Reich der Feen gilt ein Gesetz. Kein Sterblicher darf über die Grenze. Anders verhält es sich mit den Feen, denn sie können für ein Menschenleben deren Gestalt annehmen und unter ihnen leben. Wenn sich eine Fee entscheidet, für ihre Liebe das Feenreich zu verlassen, so muss sie ein Jahr und einen Tag, gemessen vom ersten Treffen mit dem von ihr Erwählten, warten. Und er muss innerhalb dieser Frist zu ihr zurückkehren, getrieben von dem Wunsch, sie und das Feenreich noch einmal zu sehen. Sie darf nicht durch den Schleier zu ihm treten, der, seitdem sich die Riesen das zweite Mal erhoben haben, sehr viel dichter zwischen dem Feen- und dem Menschenreich gewoben wurde.« Die junge Frau lächelte zaghaft. »Sie muss das Ende dieser Frist abwarten, auch wenn sie ihn sehen kann, so ist es ihr doch verboten, zu ihm zu gehen, so sehr es sie auch schmerzt.«

»Und wenn er nicht gekommen wäre?«, hauchte Daniel.

»Dann hätte sie auf ewig in ihrem Reich verharren und um ihn trauern müssen.«

»Ravira!« Daniel beobachtete, wie sich ein Lächeln auf ihren Zügen ausbreitete, sie strich die Haarsträhne zurück und nun erkannte er auch die feine Narbe.

Sofern Raviras Geschichte stimmte, hatte ihr Wiedersehen am seidenen Faden gehangen. Ein Tag mehr oder weniger und sie wäre für immer für ihn verloren gewesen. Verwirrt betrachtete er die junge Frau, die er als Fee kennen gelernt hatte.

»Du zweifelst doch nicht etwa an einer Feenlegende?«, fragte Ravira verschmitzt. Sie legte ihre

Hand in Daniels Nacken, zog seinen Kopf sanft zu sich herab und sie versanken in einem Kuss, der Daniel – so hatte er zumindest den Eindruck – gefährlich nahe an den Rand des Feenreiches zurückbrachte.

Danksagung

Die Geschichte des Feentals hat schon lange in mir geschlummert. Entstanden ist sie an einem sonnigen Sommertag während einer Wanderung zum Old Man of Storr und durch die weniger bekannte Hügellandschaft, die sich dahinter erstreckt.
Manchmal erscheinen einem seine Ideen für einen ganzen Roman nicht ausreichend, für eine Kurzgeschichte zu umfangreich. Und dann kam Ulrich Burger mit seinem Novellenprojekt – und schon haben die Feenfeuer zu lodern begonnen. Vielen Dank lieber Uli, dass ich dabei sein darf! Mein Dank gilt auch Stephanie, die mich beim Lektorat auf die eine oder andere kleine Ungereimtheit aufmerksam gemacht hat, die sich einfach in jede Geschichte einschleicht, und Tom, der, wie ich finde, ein phantastisches Cover gezaubert hat. Nicht zu vergessen Fiona, die mir Raviras Spruch ins Gälische übersetzt hat. Den schottischen Highlands danke ich für ihre magischen Plätze, die

mich immer wieder zu neuen Geschichten inspirieren und natürlich euch Lesern, die mit mir in andere Welten abtauchen.

… die nächste Novelle erscheint
im Oktober 2014